# ケモカフェ！

## 獣人男子の花嫁候補になっちゃった!?

＊あいら＊／作
しろこ／絵



POPLAR
KIMINOVEL

# STORY

**私《わたし》、優《ゆう》希《き》愛《あい》。中《ちゅう》学《がく》1年《ねん》生《せい》。**

趣味《しゅみ》は**お菓子作《かしづく》り**で、好《す》きなものは**お菓《か》子《し》**と**動《どう》物《ぶつ》**！

両親《りょうしん》に捨《す》てられた私《わたし》は、
**おばあちゃんとふたり暮《ぐ》らし。**
おばあちゃんが経営《けいえい》している
**カフェのお手伝《てつだ》い**を
してるんだ。

ある日《ひ》、森《もり》の中《なか》で、
**弱《よわ》った動物《どうぶつ》たち**が男《おとこ》の子《こ》たちに
いじめられているのを目撃《もくげき》。
動物《どうぶつ》たちの姿《すがた》が
両親《りょうしん》に捨《す》てられた自分《じぶん》と
重《かさ》なった私《わたし》は、**必死《ひっし》の思《おも》いで**
**助《たす》けたんだ……！**

## でも実《じつ》は、動《どう》物《ぶつ》たちは
## 獣《じゅう》人《じん》族《ぞく》の男《おとこ》の子《こ》たちだった？

**獣人族《じゅうじんぞく》**とは…

人口《じんこう》の0.01％《パーセント》しかいない存在《そんざい》。
大企業《だいきぎょう》のトップを務《つと》めるなど、**超超《ちょうちょう》エリート！**
先祖《せんぞ》に由来《ゆらい》する動物《どうぶつ》の耳《みみ》が生《は》えてるんだって。

突然《とつぜん》、獣人男子《じゅうじんだんし》たちとの
同居生活《どうきょせいかつ》がスタートする中《なか》、
おばあちゃんが
病気《びょうき》で倒《たお》れてしまって……。
幸《さいわ》い命《いのち》に別状《べつじょう》はなかったけど、
カフェが危機的状況《ききてきじょうきょう》になって……。

私《わたし》、絶対《ぜったい》
このカフェを
守《まも》ってみせる!!

獣人男子《じゅうじんだんし》のみんなも
手伝《てつだ》ってくれることになったんだけど、
ラテアートができたり、
お金《かね》の管理《かんり》や宣伝《せんでん》が上手《じょうず》だったり、
え、みんなハイスペック
すぎでは……!?

ていうか、なんだか
様子《ようす》がおかしいような……!?

つづきは、
小説《しょうせつ》を
読《よ》んでみて!

# 人《じん》物《ぶつ》紹《しょう》介《かい》

## 犬守《いぬがみ》レオ

犬《いぬ》?の獣人《じゅうじん》。弱《よわ》って動物《どうぶつ》の姿《すがた》に戻《もど》っていたところを愛《あい》に助《たす》けられ、一生守《いっしょうまも》ると誓《ちか》う。カフェでは調理場担当《ちょうりばたんとう》。愛《あい》以外《いがい》には冷《つめ》たい、独占欲《どくせんよく》つよめの王《おう》子様系《じさまけい》。

## 猫宮《ねこみや》ミケ

猫《ねこ》の獣人《じゅうじん》。昔会《むかしあ》った女《おんな》の子《こ》をさがしている。カフェではSNS《エスエヌエス》などでの宣《せん》伝《でん》&接客担当《せっきゃくたんとう》。よく耳《みみ》がしゅんとなる、デレ成分多《せいぶんおお》めのツンデレ系《けい》。

大《だい》スキ

気《き》になる

## 優希愛《ゆうきあい》

お菓子作《かしづく》りや料理《りょうり》が得意《とくい》で、おばあちゃんのカフェを手伝《てつだ》っている。ある理《り》由《ゆう》から、分厚《ぶあつ》いメガネが手放《てばな》せない。がんばり屋《や》さんだけど、ちょっと天然《てんねん》。

ふだんの姿《すがた》

気《き》になる

気《き》になる

ニガテ

キライ?

## 狼矢《がみや》ロウ

狼《おおかみ》の獣人《じゅうじん》。ミケと同《おな》じく、昔会《むかしあ》った女《おんな》の子《こ》をさがしているが、ミケとは相性《あいしょう》が悪《わる》い? カフェでは大工仕事《だいくしごと》&接客担《せっきゃくたん》当《とう》。けんかっ早《ばや》いが、根《ね》は優《やさ》しい。

## 兎白《とはく》ツキ

うさぎの獣人《じゅうじん》。ミケと同《おな》じく、昔会《むかしあ》った女《おんな》の子《こ》をさがしている。カフェではお金《かね》の管理《かんり》&接客《せっきゃく》担当《たんとう》。クール系《けい》だが、感情《かんじょう》がたかぶると足《あし》でドンとやってしまう。

## 狐森《きつねもり》コン

狐《きつね》の獣人《じゅうじん》。町長《ちょうちょう》の息子《むすこ》で、愛《あい》のおさななじみ。昔愛《むかしあい》のことが好《す》きだったが、急《きゅう》に冷《つめ》たくされたのに怒《おこ》って、今《いま》では嫌《いや》がらせばかりしている。

CONTENTS

# 1 大好《だいす》きなおばあちゃん

私《わたし》の名前《なまえ》は**優希愛《ゆうきあい》**。

趣味《しゅみ》はお菓子作《かしづく》りで、スイーツと動物《どうぶつ》が好《す》き。

今《いま》の一番《いちばん》の楽《たの》しみは、明後日《あさって》に迫《せま》った夏休《なつやす》み……！

私《わたし》の家《いえ》は山奥《やまおく》にあって、今《いま》は**おばあちゃんとふたり暮《ぐ》らし**をしている。

家《いえ》の隣《となり》には、おばあちゃんが経営《けいえい》するカフェ「**タカラ**」があって、私《わたし》はそこでおばあちゃんのお手伝《てつだ》いをしていた。

「おばあちゃん、倉庫《そうこ》からお米持《こめも》ってきたよ！」

倉庫《そうこ》からカフェに戻《もど》ると、常連《じょうれん》さんがふたりきていて、おばあちゃんのいれたコーヒーを飲《の》んでいた。

「いつもありがとうねぇ、愛《あい》」

「ううん、今《いま》からカレーライスも作《つく》っておくね」

おばあちゃんの力《ちから》になれるなら、こんなの朝飯前《あさめしまえ》だ。

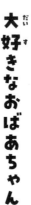

「今日《きょう》もおばあちゃんのお手伝《てつだ》いえらいね。料理《りょうり》は愛《あい》ちゃんが担当《たんとう》してるの？」

「ほっほっ、愛《あい》は料理上手《りょうりじょうず》だからね、お店《みせ》のメニューはほとんど愛《あい》が作《つく》ってくれてるんだよぉ。いつも手伝《てつだ》ってくれて、ほんとに優《やさ》しくていい子《こ》でねぇ」

「お、おばあちゃんっ……」

恥《は》ずかしくて照《て》れてしまったけど、そんなふうに言《い》ってもらえて、本当《ほんとう》はすごく嬉《うれ》しい。

私《わたし》にとっても……おばあちゃんは、**世界一《せかいいち》のおばあちゃん**だから。

私《わたし》は、小学校《しょうがっこう》3年生《ねんせい》の時《とき》にお母《かあ》さんとお父《とう》さんが離婚《りこん》することになって、おばあちゃんとおじいちゃんのもとに引《ひ》き取《と》られた。

おばあちゃんとおじいちゃんは、私《わたし》のことを本当《ほんとう》の娘《むすめ》のように育《そだ》ててくれた。

2年前《ねんまえ》……小学校《しょうがっこう》5年生《ねんせい》の時《とき》におじいちゃんが亡《な》くなって、お店《みせ》を閉《し》めるかどうかおばあちゃんは悩《なや》んでいたけど、おじいちゃんとの思《おも》い出《で》が詰《つ》まったお店《みせ》だからって、続《つづ》けることを決《き》めたんだ。

私《わたし》もそんなおばあちゃんと、このお店《みせ》を守《まも》りたいと思《おも》って、学校《がっこう》の時《とき》以外《いがい》はお店《みせ》を手《て》伝《つだ》っている。

こうしてカフェのお手伝《てつだ》いをするのは楽《たの》しいし、私《わたし》にとってもこのカフェは、大事《だいじ》な場《ば》所《しょ》なんだ。

おばあちゃんは今年《ことし》70歳《さい》になって、力仕事《ちからしごと》は大変《たいへん》だから荷物運《にもつはこ》びや買《か》い出《だ》しは私《わたし》の担当《たんとう》。

それと、料理《りょうり》も好《す》きだから、料理《りょうり》も担当《たんとう》させてもらってる。

大好《だいす》きなおばあちゃんの力《ちから》になれるなら、**なんだってがんばりたい。**

「今日《きょう》も優希《ゆうき》さんのコーヒーはおいしいよ」

「うん、苦《にが》みと甘《あま》みが絶妙《ぜつみょう》なのよね」

おばあちゃんのコーヒーを飲《の》んで、笑顔《えがお》になった常連《じょうれん》さん。

「このコーヒーが飲《の》み放題《ほうだい》なんて、愛《あい》ちゃんは幸《しあわ》せだね」

その言葉《ことば》に、思《おも》わず苦笑《にがわら》いしてしまった。

「愛《あい》は苦《にが》いのがダメでねぇ」

おばあちゃんの言《い》う通《とお》り、残念《ざんねん》ながら私《わたし》はコーヒーが飲《の》めない。

大人《おとな》の味《あじ》すぎて、私《わたし》にはおいしさがわからなくて……味《あじ》の違《ちが》いもわからないんだ。

前《まえ》にコーヒーを飲《の》んだ時《とき》は、気持《きも》ちが悪《わる》くなって頭《あたま》も痛《いた》くなってしまって、それ以来《いらい》コーヒーは口《くち》にしていない。

「その代《か》わり、甘《あま》いものは大好《だいす》きでねぇ。愛《あい》は**お菓子《かし》を作《つく》るのも上手《じょうず》**なんだよぉ」

おばあちゃんの言葉《ことば》に、常連《じょうれん》さんふたりもこっちを見《み》た。

「へぇ、そうなのかい？」

「すごいわねぇ！」

「愛《あい》、今日《きょう》は新作《しんさく》はないのかい？」

「あっ……えっと、クッキーなら……！」

私《わたし》は昨日《きのう》作《つく》ったクッキーを持《も》ってきて、おばあちゃんと常連《じょうれん》さんにおすそわけした。

「よ、よかったら、食《た》べてください……！」

「いいの？　いただくわね、いつもありがとう！　んー、おいしい！」

「うん、とってもおいしいよ……！」

よ、よかったっ……。

「愛《あい》ちゃん、**パティシエ**みたいだね」

パティシエ……。

それは、私《わたし》にとって一番《いちばん》の褒《ほ》め言葉《ことば》だった。

将来《しょうらい》の夢《ゆめ》は、**ケーキ屋《や》さん**になることだから……。

いつか、このカフェの隣《となり》に小《ちい》さなスペースを作《つく》って、そこで作《つく》ったお菓子《かし》をお店《みせ》に出《だ》せたらいいなと思《おも》っていた。

そうしたら、おばあちゃんともずっと一緒《いっしょ》にいられるっ……。

「このクッキー、見《み》た目《め》もすごくかわいいねぇ。確《たし》か、**アイシングクッキー**っていうのかしら？」

常連《じょうれん》さんの感想《かんそう》に、おばあちゃんが嬉《うれ》しそうに微笑《ほほえ》んだ。

「そろそろメニューに入《い》れようかと思《おも》ってるんだよ」

「そ、そんな、お店《みせ》で出《だ》せるクオリティじゃないよっ……」

おばあちゃんはいつも、お店《みせ》で提供《ていきょう》したらどうかって言《い》ってくれるけど、お菓子作《かしづく》りはまだまだ修業《しゅぎょう》が足《た》りないから、お金《かね》をもらうことなんてできない。

「そんなことないよ。愛《あい》のお菓子《かし》は、すごくおいしいよ。それに、おじいちゃんも大好《だいす》きだったもんねぇ。愛《あい》のスイーツは、**みんなを幸《しあわ》せにする力《ちから》**があるってよく言《い》ってたねぇ」

優《やさ》しいおじいちゃんを思《おも》い出《だ》して、嬉《うれ》しい気持《きも》ちと切《せつ》ない気持《きも》ちが同時《どうじ》にこみあげてくる。

おじいちゃん、会《あ》いたいな……。

——**バタンっ！**

「ゆ、優希《ゆうき》さん、ちょっといいかい……！」

おじいちゃんのことを思《おも》い出《だ》していると、突然《とつぜん》お客《きゃく》さんが現《あらわ》れた。

隣《となり》のお家《うち》の田中《たなか》さんだ……すごく焦《あせ》ってるみたいだけど、どうしたんだろう？

「あの……もしできたらなんだけど、今《いま》からテイクアウトお願《ねが》いできないかな……？　オムライスとパスタとサンドイッチと……ざ、ざっと**20人前《にんまえ》**くらい……」

「20人前《にんまえ》かい……？」

「い、1時間後《じかんご》に家《いえ》にお客《きゃく》さんが来《く》ることになって……さすがに無理《むり》かな……？」

「1時間《じかん》でそれだけの量《りょう》を作《つく》るのはむずかしくてねぇ……」

困《こま》っているおばあちゃんの代《か》わりに、私《わたし》が

返事《へんじ》をした。

「大丈夫《だいじょうぶ》です！　作《つく》れます！」

料理《りょうり》は私《わたし》の担当《たんとう》だし、今《いま》から急《いそ》いで作《つく》れば問題《もんだい》ない！

それに、20人前《にんまえ》なんて、願《ねが》ってもない注文《ちゅうもん》だっ……！

「ほんとかい!?」

「はい！　任《まか》せてください！」

そうと決《き》まれば、早速作《さっそくつく》りはじめよう……！

「愛《あい》、ほんとに大丈夫《だいじょうぶ》かい？」

「ふふっ、朝飯前《あさめしまえ》だよっ」

心配《しんぱい》してくれているおばあちゃんに笑顔《えがお》を返《かえ》して、私《わたし》はエプロンをしめた。


ふう……終《お》わった……。

30分《ぷん》が経《た》って、なんとか20人前《にんまえ》を用意《ようい》した。

**「できました！」**

「もうできたの!?　愛《あい》ちゃん、すごいね……！　ありがとう、助《たす》かったよ……！」

田中《たなか》さんが、私《わたし》を見《み》ながら両手《りょうて》を合《あ》わせた。

「お会計《かいけい》はこちらになります」

「それじゃあこれで。お釣《つ》りはいらないよ」

「え、でも……」

「早《はや》く作《つく》ってくれたお礼《れい》だよ。またお願《ねが》いするね！」

「あ、ありがとうございます！　またお待《ま》ちしてます……！」

大仕事《おおしごと》を終《お》えて、ほっと安堵《あんど》の息《いき》を吐《つ》く。

「愛《あい》、お疲《つか》れ様《さま》。愛《あい》はすごいねぇ……！　ほんとに助《たす》かったよ」

「愛《あい》ちゃん、手捌《てさば》きがもうプロだね」

おばあちゃんだけじゃなくて、近《ちか》くにいた常連《じょうれん》さんも褒《ほ》めてくれて、照《て》れくさくなった。

料理《りょうり》は、カフェを手伝《てつだ》うようになってから毎日練習《まいにちれんしゅう》してきた。

少《すこ》しでもおばあちゃんの力《ちから》になれているといいな……。

私《わたし》はおじいちゃんに代《か》わって、おばあちゃんと「タカラ」を守《まも》るって決《き》めてるから。

きっと……おじいちゃんも、見《み》てくれてるよね……。

「それじゃあ、明日《あした》のカレーの仕込《しこ》みを始《はじ》めるね」

「ほっほっ、愛《あい》は働《はたら》きものだねぇ」

これからも大好《だいす》きなおばあちゃんのために、たくさんがんばろうっ……。

## 2 学校生活《がっこうせいかつ》

次《つぎ》の日《ひ》。朝《あさ》から、学校《がっこう》に行《い》く支度《したく》をする。

私《わたし》は学校《がっこう》がそんなに好《す》きじゃないから、いつもは少《すこ》し憂鬱《ゆううつ》な気持《きも》ちで登校《とうこう》するけど、今日《きょう》は違《ちが》う。

なんて言《い》ったって、今日《きょう》は終業式《しゅうぎょうしき》で……明日《あした》から、**夏休《なつやす》み**が始《はじ》まるからっ……。

今日《きょう》さえ乗《の》り切《き》れば夏休《なつやす》みだと思《おも》うと、自然《しぜん》と足取《あしど》りも軽《かる》い。

いつものように、バスに乗《の》って登校《とうこう》する。

わ……今日《きょう》はいつもよりも人《ひと》が多《おお》いな……。

バス停《てい》で、たくさんの人《ひと》がバスに乗《の》ってきた。

その中《なか》に、杖《つえ》をついたおじいちゃんの姿《すがた》も。

あっ……た、大変《たいへん》っ……。

「あ、あの……よかったらどうぞ」

慌《あわ》てて席《せき》を立《た》つと、おじいちゃんがにっこりと微笑《ほほえ》んでくれた。

「ありがとう、助《たす》かるよぉ」

「い、いえっ……」

ほっと息《いき》を吐《つ》いて、最寄《もより》のバス停《てい》につくのを待《ま》つ。

学校《がっこう》につくと、いつものように席《せき》について、読《よ》みかけの小説《しょうせつ》を開《ひら》いた。

私《わたし》は人《ひと》と関《かか》わるのが苦手《にがて》で、中学《ちゅうがく》に入学《にゅうがく》して三ヶ月《かげつ》以上《いじょう》がたった今《いま》も、友達《ともだち》がひとりもできていない。

だからいつも、教室《きょうしつ》ではひとりで小説《しょうせつ》を読《よ》んでいる。

ただ、ひとりだけ……。

「おい、愛《あい》！」

私《わたし》に声《こえ》をかけてくる、男《おとこ》の子《こ》がいた。

「な、なに……？」

「ふんっ、今日《きょう》もお前《まえ》は暗《くら》いな。お前《まえ》のせいで、教室《きょうしつ》の空気《くうき》まで暗《くら》くなっちまうだろ」

彼《かれ》の名前《なまえ》は、**狐森《きつねもり》コン**くん。

私《わたし》が小学校《しょうがっこう》3年生《ねんせい》の時《とき》に転校《てんこう》してきて以来《いらい》、ずっと同《おな》じクラスの男《おとこ》の子《こ》。

正直《しょうじき》、私《わたし》は彼《かれ》のことが**苦手《にがて》だ**。

まさか、中学《ちゅうがく》も一緒《いっしょ》になるなんて……。

私《わたし》の通《かよ》っている中学校《ちゅうがっこう》は、私立《しりつ》の中高一貫校《ちゅうこういっかんこう》だから、このままだったらきっと高校《こうこう》もコンくんと一緒《いっしょ》だ。

できれば違《ちが》うクラスになりたいと思《おも》っているけど、他《ほか》の女《おんな》の子《こ》たちは違《ちが》うみたいで……。

周《まわ》りにいる女《おんな》の子《こ》たちが、目《め》をハートにしてコンくんを見《み》ている。

「優希《ゆうき》さん、いいなぁ……コンくんと話《はな》せて」

「あたしもコンくんと仲良《なかよ》くしたい」

あいかわらず、今日《きょう》もモテモテだ……。

私《わたし》は苦手意識《にがていしき》が強《つよ》いけど、コンくんは**クラスで一番《いちばん》かっこいい**って言《い》われているみたい。

それに……もうひとつ、コンくんがモテているのには理由《りゆう》がある。

「あたし、クラスに**獣人族《じゅうじんぞく》**がいるなんて初《はじ》めて！」

〝**獣人族《じゅうじんぞく》**〟。

それは、**人間《にんげん》と動物《どうぶつ》の能力《のうりょく》をどちらも受《う》け継《つ》いだ存在《そんざい》**のこと。

人口《じんこう》の０・０１パーセントしかいない希少《きしょう》な存在《そんざい》で、身体能力《しんたいのうりょく》も頭脳《ずのう》も人間離《にんげんばな》れしているそう。

能力《のうりょく》が高《たか》いから、大企業《だいきぎょう》の社長《しゃちょう》さんや有名人《ゆうめいじん》はほとんどが獣人族《じゅうじんぞく》っていう噂《うわさ》だ。

実際《じっさい》にコンくんのお家《うち》も、町《まち》では知《し》らない人《ひと》はいないほど有名《ゆうめい》な地主《じぬし》で、コンくんはいわゆるおぼっちゃま。

コンくんとは小学校《しょうがっこう》から一緒《いっしょ》だけど、本当《ほんとう》に頭《あたま》がいいし、体育《たいいく》の授業《じゅぎょう》でもいつも目立《めだ》っている。体育祭《たいいくさい》ではいつだって大活躍《だいかつやく》で、ヒーロー扱《あつか》いされていた。成績《せいせき》も、コンくんが悪《わる》い点数《てんすう》をとっているのを見《み》たことがない。

「狐《きつね》って、獣人族《じゅうじんぞく》の中《なか》でも優秀《ゆうしゅう》なんだよね？」

狐《きつね》はその中《なか》でも高《ハイ》ランクみたいだった。

獣人族《じゅうじんぞく》には**階級《かいきゅう》**のようなものがあるらしくて、ヒエラルキーについてまでは知《し》らない。

私《わたし》は獣人族《じゅうじんぞく》には詳《くわ》しくないから、**獅子《ライオン》が一番《いちばん》地位《ちい》が高《たか》い**ってことくらい。

ただ知《し》ってるのは……**獅子《ライオン》が一番《いちばん》地位《ちい》が高《たか》い**ってことくらい。

そして、獣人族《じゅうじんぞく》には**先祖《せんぞ》に由来《ゆらい》する耳《みみ》**が生《は》えている。

「コンくんの耳《みみ》って、かっこいいしかわいいよね……！」

コンくんの頭《あたま》にも、立派《りっぱ》な狐《きつね》の耳《みみ》があった。

「おい、無視《むし》すんな！」

あっ……。

私《わたし》がぼうっとしていたのが気《き》に入《い》らなかったのか、コンくんはあからさまに不機嫌《ふきげん》な顔《かお》になった。

「あ、あの……」

「……だから、しんきくせー顔《かお》すんなって言《い》ってるだろ。つーか、いい加減《かげん》そのメガネ外《はず》せよ！」

私《わたし》のメガネに、手《て》を伸《の》ばそうとしたコンくん。

これは、ダメ……っ。

「や、やめてっ……」

私《わたし》は慌《あわ》てて、両手《りょうて》で顔《かお》を隠《かく》した。

メガネが取《と》られるのは、困《こま》るっ……。

**『その顔《かお》を見《み》てるとイライラするの』**

お母《かあ》さんの言葉《ことば》を思《おも》い出《だ》して、びくっと肩《かた》がはねた。

「ちっ……そんなビビるなよ」

コンくんはメガネを取《と》るのを諦《あきら》めてくれたのか、手《て》を下《お》ろした。

よ、よかった……。

「コンくん、優希《ゆうき》さんにばっかりかまってないで、あたしたちと遊《あそ》ぼうよ！」

このまま、他《ほか》の女《おんな》の子《こ》たちと話《はな》していてほしい……。

そう思《おも》ったけど、コンくんはさっき以上《いじょう》に不機嫌《ふきげん》な顔《かお》になった。

「俺《おれ》は**女子《じょし》が嫌《きら》い**なんだよ、話《はな》しかけるな」

「ご、ごめんなさい……」

悲《かな》しそうに肩《かた》を落《お》として、離《はな》れていった女《おんな》の子《こ》たち。

女子《じょし》が嫌《きら》いなら……私《わたし》のことも、放《ほう》っておいてほしい……。

――キーンコーンカーンコーン。

「タイミングわりぃな」

チャイムが鳴《な》って、コンくんはうっとうしそうに席《せき》に戻《もど》っていった。

私《わたし》にとってはナイスタイミングなチャイムに感謝《かんしゃ》して、もう一度《いちど》本《ほん》を開《ひら》く。

「嫌《きら》われてるとはいえ、優希《ゆうき》さんばっかりずるいよね」

あれ……？

後《うし》ろから女《おんな》の子《こ》の会話《かいわ》が聞《き》こえて、ページをめくる手《て》がとまる。

「うん、コンくんに話《はな》しかけてもらってるし……なんで優希《ゆうき》さんが……」

「全然《ぜんぜん》かわいくないのにね」

「ていうか、メガネで顔《かお》見《み》えないし、発表《はっぴょう》の時《とき》もいつもぼそぼそ言《い》ってて怖《こわ》いんだけど」

ズキッと、胸《むね》が痛《いた》んだ。

こういうことを言《い》われるのはよくあることだし、入学《にゅうがく》してすぐに、コンくんのことを好《す》きな女《おんな》の子《こ》たちからは嫌《きら》われてしまった。

クラスでも、私《わたし》のことをよく思《おも》ってない女《おんな》の子《こ》は多《おお》い。

ますます友達《ともだち》ができなくなっちゃうな……。

でも……友達《ともだち》ができないことを、コンくんのせいにするのはよくないよね……。

私《わたし》のこの内気《うちき》な性格《せいかく》が、原因《げんいん》なんだから……。

それに……コンくんとは、最初《さいしょ》からこんな関係《かんけい》だったわけじゃない。

実《じつ》は昔《むかし》、少《すこ》しだけ……コンくんと仲《なか》がよかった時期《じき》がある。

**『愛《あい》、今日《きょう》も一緒《いっしょ》に帰《かえ》ろうぜ』**

**『愛《あい》のことは俺《おれ》が守《まも》ってやるからな』**

コンくんはすごく私《わたし》に優《やさ》しくしてくれて……私《わたし》も、**コンくんのことが好《す》きだった。**

**〝あの一件《けん》〟**があってから、完全《かんぜん》に嫌《きら》われてしまったけど……コンくんが根《ね》っからの悪《わる》い人《ひと》じゃないってことも、ちゃんとわかっていた。

いつかまた、普通《ふつう》に仲良《なかよ》くできたらいいなと思《おも》っているけど……そう思《おも》っているのは、きっと私《わたし》だけだろうな……。

# 3 生《せい》徒《と》会《かい》？

終業式《しゅうぎょうしき》が終《お》わって、教室《きょうしつ》に戻《もど》る。

「それじゃあ、今《いま》から夏休《なつやす》みの宿題《しゅくだい》を配《くば》っていくぞぉ」

今日《きょう》はHR《ホームルーム》が終《お》わったら、もう解散《かいさん》だ。

夏休《なつやす》みまでのカウントダウンが始《はじ》まって、私《わたし》の心《こころ》はうきうきだった。

そ、それにしても、宿題《しゅくだい》が多《おお》いっ……。

次《つぎ》から次《つぎ》へと配《くば》られる宿題《しゅくだい》に、冷《ひ》や汗《あせ》が流《なが》れた。

えっと……こ、これで最後《さいご》かな……？

回《まわ》ってきたプリントを見《み》ると、作文《さくぶん》についてと書《か》かれていた。

テーマ……**将来《しょうらい》の夢《ゆめ》**、かぁ……。

「みんなは今《いま》はまだ中学生《ちゅうがくせい》だが、大人《おとな》になるのはあっというまだ。だから、今《いま》から将来《しょうらい》何《なに》になりたいかを真剣《しんけん》に考《かんが》えるんだぞ～」

先生《せんせい》の言葉《ことば》に、クラスメイトのみんなは嫌《いや》そうな顔《かお》をしていた。

「大人《おとな》になんかなりたくないよ……」

「将来《しょうらい》のことなんて考《かんが》えたくない」

私《わたし》の将来《しょうらい》の夢《ゆめ》は……タカラの隣《となり》に小《ちい》さなスペースを作《つく》って、手作《てづく》りのお菓子《かし》を出《だ》すこと。

なんて、ちょっと夢《ゆめ》みすぎかな……。

恥《は》ずかしくなって、プリントをそっとカバンにしまった。

「それじゃあ、みんな楽《たの》しい夏休《なつやす》みを過《す》ごすように！　宿題《しゅくだい》はしっかりやるんだぞ！」

HR《ホームルーム》が終《お》わって、持《も》って帰《かえ》るものをカバンに詰《つ》める。

「おい、愛《あい》」

重《おも》たいカバンを持《も》って立《た》ちあがろうとした時《とき》、コンくんの声《こえ》がした。

ゆっくり帰《かえ》りの支度《したく》をしてないで、早《はや》く帰《かえ》ればよかった……。

「お前《まえ》、夏休《なつやす》みなにすんだよ」

「……えっと……おばあちゃんのカフェのお手伝《てつだ》いとか……」

「それだけかよ？　まあお前《まえ》、遊《あそ》びに行《い》く友達《ともだち》もいないもんな」

ば、バカにしたいのかな……？

もう慣《な》れっこだからいいけど……早《はや》く帰《かえ》りたいな……。

そう思《おも》っていた時《とき》、廊下《ろうか》にいる女《おんな》の子《こ》たちが騒《さわ》いでいることに気《き》づいた。

「ねえ、今日《きょう》**〝生徒会《せいとかい》の人《ひと》たち〟**が来《き》てたみたいだよ！　生徒会《せいとかい》バッジつけてる人《ひと》がいたって噂《うわさ》がたってるの……！」

「嘘《うそ》！　ほんとに!?」

「それデマらしいよ～」

コンくんも会話《かいわ》が聞《き》こえていたのか、なぜかいつも以上《いじょう》に不機嫌《ふきげん》な顔《かお》になった。

「ちっ……生徒会《せいとかい》の話題《わだい》か、うっとうしいな……」

「生徒会《せいとかい》……？」

「……お前《まえ》、生徒会《せいとかい》のことも知《し》らないのかよ」

コンくんが驚《おどろ》いたように、ぎょっと目《め》を見開《みひら》いた。

「生徒会《せいとかい》って……生徒会《せいとかい》、だよね……？」

学級委員《がっきゅういいん》のさらに上《うえ》の存在《そんざい》で……生徒代表《せいとだいひょう》の組織《そしき》、っていうのはわかるけど……。

女《おんな》の子《こ》がどうして生徒会《せいとかい》の話題《わだい》で盛《も》り上《あ》がっているのかは、さっぱりわからない。

「はっ……友達《ともだち》がいねーと情報《じょうほう》も入《はい》ってこねーのかよ。学内常識《がくないじょうしき》だろ」

コンくんは鼻《はな》で笑《わら》いながら、得意《とくい》げに口《くち》を開《ひら》いた。

「うちの中学《ちゅうがく》は、全校生徒《ぜんこうせいと》の中《なか》で**成績上位者《せいせきじょういしゃ》4人《にん》だけが生徒会《せいとかい》に入《はい》れる**んだ。ちなみに、今《いま》の生徒会《せいとかい》は**全員獣人《ぜんいんじゅうじん》**だ。まあ、ただの人間《にんげん》の能力《のうりょく》じゃ生徒会《せいとかい》になるのは無理《むり》だろうな」

へえ、そうだったんだ……。

「全校生徒《ぜんこうせいと》のトップが**生徒会長《せいとかいちょう》**。次席《じせき》が**副会長《ふくかいちょう》**で、残《のこ》りふたりが**書記《しょき》**と**会計《かいけい》**だ。生徒会《せいとかい》に選《えら》ばれたら、**生徒会《せいとかい》バッジ**がもらえて、それが生徒会員《せいとかいいん》の証明《しょうめい》になる」

生徒会《せいとかい》バッジ……なんだかすごそう……。

「生徒会《せいとかい》は、力《ちから》の象徴《しょうちょう》だ。この中学《ちゅうがく》では、**生徒会《せいとかい》の命令《めいれい》は絶対《ぜったい》**だからな」

そ、そうなの……？

「俺《おれ》は絶対《ぜったい》に成績上位《せいせきじょうい》になって、来年生徒会《らいねんせいとかい》に入《はい》る。俺《おれ》が生徒会《せいとかい》に選《えら》ばれたら……**お前《まえ》を召《め》し使《つか》いにしてやるよ**」

口角《こうかく》をあげて、意地悪《いじわる》な笑顔《えがお》をしているコンくんに、ちょっとゾワッとした。

め、召《め》し使《つか》いって……絶対《ぜったい》にコンくんに生徒会《せいとかい》に入《はい》ってほしくない……。

「はぁ……生徒会《せいとかい》の人《ひと》たちに、一目《ひとめ》でいいから会《あ》いたいな……」

「そうだよね……あたし、獣人《じゅうじん》の恋人《こいびと》がほしくてこの学校《がっこう》に入《はい》ったのに」

じゅ、獣人《じゅうじん》の恋人《こいびと》に……？

「ちっ……馬鹿《ばか》なやつばっかだな」

コンくん、いつになく不機嫌《ふきげん》だっ……。

「なあ、コンくんは生徒会《せいとかい》の人《ひと》たちと会《あ》ったことあんの？」

近《ちか》くにいたコンくんの男《おとこ》の子《こ》の友達《ともだち》が、コンくんに声《こえ》をかけた。

「獣人族同士《じゅうじんぞくどうし》だし、関《かか》わりとかある？」

「ねーよ。つーか、軽々《かるがる》しく獣人《じゅうじん》の事情《じじょう》を聞《き》いてくるんじゃねぇ」

「あ……ご、ごめん……！」

コンくんの不機嫌《ふきげん》が伝《つた》わったのか、男《おとこ》の子《こ》たちは慌《あわ》てている。

「ちっ……学校《がっこう》にもこねーようなやつら、俺《おれ》が生徒会長《せいとかいちょう》になったら生徒会《せいとかい》から追《お》い出《だ》してやる」

学校《がっこう》にもこねーようなやつら……？

「あー、気分《きぶん》わりぃ。帰《かえ》る」

これ以上《いじょう》ここにいたくないとでもいうかのように、私《わたし》に背中《せなか》を向《む》けたコンくん。

「せいぜいぼっちの夏休《なつやす》み、楽《たの》しめよ」

コンくんが教室《きょうしつ》から出《で》ていって、ほっと息《いき》を吐《つ》いた。

コンくんと1ヶ月以上会《かげついじょうあ》わなくていいと思《おも》うと、ちょっと安心《あんしん》……。

「はぁ～……びびった。コンくんってすぐ機嫌悪《きげんわる》くなるからひやひやするわ」

「コンくんって、生徒会嫌《せいとかいきら》いだよな」

コンくんに睨《にら》まれた男《おとこ》の子《こ》たちが、こそこそと話《はな》してる。

「当《あ》たり前《まえ》だろ。あいつプライド高《たか》いし、自分《じぶん》より目立《めだ》つ存在《そんざい》なんてジャマなだけだって。

それに、副会長《ふくかいちょう》って**狼**《おおかみ》だろ？」

「狐《きつね》よりも優位《ゆうい》だし……」

「コンくん、相当《そうとう》ライバル視《し》してるだろ」

副会長《ふくかいちょう》さんが……狼《おおかみ》？　確《たし》か……狼《おおかみ》は獅子《ライオン》の次《つぎ》に位《くらい》が高《たか》かったような……。

「その上生徒会長《うえせいとかいちょう》はあの**獅子様**《ライオンさま》だしな……」

か、会長《かいちょう》は獅子《ライオン》なのっ……？

よくわからないけど……生徒会《せいとかい》が獣人族《じゅうじんぞく》のすごい人《ひと》たちで、女《おんな》の子《こ》から人気《にんき》ってことはわかった。

コンくんが生徒会《せいとかい》の座《ざ》を狙《ねら》っているのと、今《いま》の生徒会《せいとかい》の人《ひと》たちを嫌《きら》っていることも……。

って、これ以上盗《いじょうぬす》み聞《ぎ》きはよくないよね……。

生徒会《せいとかい》のことも、同《おな》じ学校《がっこう》とはいえきっと私《わたし》は関《かか》わることはないだろうし……。

私《わたし》も、早《はや》く帰《かえ》ろう……！

宿題《しゅくだい》がたくさん入《はい》った重《おも》たいカバンを持《も》って、教室《きょうしつ》を出《で》た。

夏休《なつやす》みの始《はじ》まりだっ……。

……だけど、その前《まえ》に……。


学校《がっこう》の裏庭《うらにわ》に行《い》って、きょろきょろとまわりを見渡《みわた》す。

「……あ、**いたっ……！**」

さがしていた子《こ》が見《み》つかって、私《わたし》はそおっと近《ちか》づいた。

その子《こ》も私《わたし》に気《き》づいて、ゆっくりと駆《か》け寄《よ》ってきてくれる。

「**ぶにゃあぁあ……**」

かわいい声《こえ》で鳴《な》いているのは、学校《がっこう》に住《す》み着《つ》いている黒猫《くろねこ》。

「ふふっ、**くろちゃん……！**」

勝手《かって》にくろちゃんと名前《なまえ》をつけて、私《わたし》はその子《こ》をかわいがっている。

私《わたし》は昔《むかし》から動物《どうぶつ》が大好《だいす》きだった。

中学《ちゅうがく》に入《はい》って裏庭《うらにわ》にいた時《とき》に、この子《こ》に出会《であ》った。

くろちゃんは決《き》まって金曜日《きんようび》しかいないから、金曜日《きんようび》はくろちゃんに会《あ》う日《ひ》なんだ。

「今日《きょう》もかわいいねっ……！」

「**ぶにゃぁあぁ……**」

お腹《なか》を見《み》せてくれるくろちゃんに口元《くちもと》が緩《ゆる》みっぱなしになる。

「かわいい〜！」

わしゃわしゃと撫《な》でて、今日《きょう》もくろちゃんをたくさん触《さわ》らせてもらった。

「明日《あした》から夏休《なつやす》みだから、当分会《とうぶんあ》えなくなっちゃうね……」

「………」

あ、あれ、くろちゃんがちょっと寂《さび》しそうな顔《かお》をしてるような……き、気《き》のせいかな？

「な、夏休《なつやす》みが終《お》わったら、またくるからねっ……！」

そう伝《つた》えると、くろちゃんはいつものようにご機嫌《きげん》な顔《かお》になった。

「**ぶにゃぁああ……**」

すりすりと頬《ほお》をすりよせてくるくろちゃんがかわいくて、胸《むね》がきゅんと高鳴《たかな》る。

「かわいい～っ……！」

私《わたし》はその後《あと》も、夏休《なつやす》みの分《ぶん》もたくさんくろちゃんを触《さわ》らせてもらった。

# 4 気《き》に入《い》らない存在《そんざい》

Side コン

イライラしながら、教室《きょうしつ》を出《で》る。

あいつら……生徒会《せいとかい》の連中《れんちゅう》と会《あ》ったことがあるのかとか聞《き》いてきやがって……あるわけねーだろ。

生徒会《せいとかい》の4人《にん》は、獣人族《じゅうじんぞく》の中《なか》でも特《とく》に地位《ちい》が高《たか》い四家《け》の獣人《じゅうじん》だ。

俺《おれ》だって狐《きつね》の獣人《じゅうじん》で、家《いえ》もそこそこ名《な》が知《し》れているけど、生徒会《せいとかい》のやつらは別格《べっかく》。

しかも、社交《しゃこう》の場《ば》にも一回《かい》も現《あらわ》れたことがなく、全員生粋《ぜんいんきっすい》の引《ひ》きこもりやろうどもだ。

現生徒会《げんせいとかい》……**猫宮《ねこみや》**、**兎白《とはく》**、**狼矢《かみや》**……**獅子王《ししおう》**の4人《にん》。

猫族《ねこぞく》と兎族《うさぎぞく》は、種族的《しゅぞくてき》に見《み》れば狐族《きつねぞく》に劣《おと》っているが、猫宮家《ねこみやけ》と兎白家《とはくけ》はヒエラルキーをものともしない権力《けんりょく》を持《も》っている。

知《し》らない人間《にんげん》はいないほど、超《ちょう》のつく大企業《だいきぎょう》のオーナーだ。

そして……狼矢《かみや》と獅子王《ししおう》に関《かん》しては、旧財閥《きゅうざいばつ》で日本《にほん》を代表《だいひょう》する二大企業《だいきぎょう》。

特《とく》に獅子王《ししおう》グループは世界的《せかいてき》にも有名《ゆうめい》なグループで、スケールの大《おお》きさで右《みぎ》に出《で》るものはいない。

種族的《しゅぞくてき》にも、家柄《いえがら》でも、今《いま》の生徒会《せいとかい》と俺《おれ》の差《さ》は歴然《れきぜん》だった。

俺《おれ》は常《つね》に自分《じぶん》が一番《いちばん》でいたいから、やつらは目《め》の上《うえ》のたんこぶでしかない。

俺《おれ》も一目見《ひとめみ》てやろうと思《おも》っているのに、会《あ》えないどころか、あいつらの顔《かお》を知《し》るやつすらほとんどいない始末《しまつ》だ。

そのくせ、校内《こうない》は常《つね》にやつらの話題《わだい》であふれていて、女子《じょし》なんか毎日《まいにち》飽《あ》きずに生徒会《せいとかい》のやつらの話《はなし》をしていた。

どいつもこいつも、獣人《じゅうじん》の恋人《こいびと》の座《ざ》を狙《ねら》ってる。

獣人《じゅうじん》のスペックが高《たか》いっていう理由《りゆう》もあるけど、**獣人《じゅうじん》が恋人《こいびと》を大切《たいせつ》にする**のは有名《ゆうめい》な話《はなし》だから。

パートナーや家族《かぞく》に尽《つ》くすのは獣人《じゅうじん》の習性《しゅうせい》でもあるから、ただの人間《にんげん》にとっては、獣人《じゅうじん》と付《つ》き合《あ》うのは憧《あこが》れなんだろう。

その中《なか》でも、**生徒会《せいとかい》メンバーの恋人《こいびと》は別格《べっかく》**。

だから校内《こうない》の女子《じょし》のほとんどが、生徒会《せいとかい》メンバーの恋人《こいびと》になることを夢《ゆめ》みてる。しょうもない夢《ゆめ》だ。

たぶん、いや絶対《ぜったい》……この学園《がくえん》で生徒会《せいとかい》のメンバーを知《し》らないのは、能天気《のうてんき》な愛《あい》くらいだ。

まあ、あいつは友達《ともだち》がいないし、男子《だんし》に興味《きょうみ》ないから当然《とうぜん》っちゃ当然《とうぜん》か。

愛《あい》は暗《くら》くて、間抜《まぬ》けで、いつもおどおどしてるやつ。

なのに、成績《せいせき》だけはあいつの方《ほう》が上《うえ》だから、俺《おれ》にとっては生徒会《せいとかい》以上《いじょう》にうっとうしい存在《そんざい》だ。

あいつのせいで、俺《おれ》の生徒会《せいとかい》加入計画《かにゅうけいかく》がくるいそうで、内心焦《ないしんあせ》っていた。

それに、あいつはいつも俺《おれ》をイラつかせる。

**『わ、私《わたし》はコンくんのこと……好《す》きじゃ、ない……』**

昔《むかし》のことを思《おも》い出《だ》して、歯《は》を食《く》いしばった。

**ちっ……。**

俺《おれ》は昔《むかし》……本当《ほんとう》に一瞬《いっしゅん》だけ、愛《あい》のことが……本当《ほんとう》に本当《ほんとう》に一瞬《いっしゅん》だけだけど……**好《す》き、だった。**

振《ふ》り向《む》いてもらいたくてがんばっていた俺《おれ》の努力《どりょく》を、あいつはふみにじったんだ。

愛《あい》への好意《こうい》は、そのまま恨《うら》みに代《か》わって、その日《ひ》からあいつの存在《そんざい》が気《き》に入《い》らなくなった。

俺《おれ》の人生《じんせい》で……間違《まちが》いなく**一番《いちばん》の屈辱《くつじょく》**だ。

それなのに、あいつはそんなことさっぱり忘《わす》れたみたいに過《す》ごして……あいつを見《み》ているだけで、むかついて仕方《しかた》ない。

せっかく獣人《じゅうじん》の恋人《こいびと》になれるチャンスだったのに、一生後悔《いっしょうこうかい》すればいいんだ、あんなやつ。

人《ひと》が多《おお》い場所《ばしょ》を避《さ》けて、帰《かえ》るために廊下《ろうか》を歩《ある》く。

「今日《きょう》もかわいいねっ……！」

あ……？

愛《あい》の声《こえ》が聞《き》こえて、窓《まど》の外《そと》を見《み》た。

「**ぶにゃぁああ……**」

あいつ……何《なに》やってるんだ……？

緩《ゆる》み切《き》った顔《かお》で、ぶさいくな猫《ねこ》を撫《な》でている愛《あい》。

あの黒猫《くろねこ》は確《たし》か、校内《こうない》に住《す》み着《つ》いているのら猫《ねこ》。太《ふと》っててぶさいくだから、誰《だれ》も相手《あいて》にしない。

そんな猫《ねこ》を撫《な》でて幸《しあわ》せそうにしている愛《あい》と、撫《な》でられて嬉《うれ》しそうに腹《はら》を見《み》せている猫《ねこ》。

……あれのどこがかわいいんだよ。マジで変《へん》なやつ……。

まあ、あいつのああいう何《なに》に対《たい》しても優《やさ》しくて愛情《あいじょう》を持《も》って接《せっ》するところは、いいとこだと思《おも》うけど。

初《はじ》めて会《あ》った時《とき》も、みんな見向《みむ》きもしない、小学校《しょうがっこう》の飼育動物《しいくどうぶつ》を可愛《かわい》がっていた。

その姿《すがた》を見《み》て、俺《おれ》は……。

……って、**あんなやつ今《いま》は大《だい》っ嫌《きら》いだけどな……!!**

「かわいい～！」

楽《たの》しそうな愛《あい》を見《み》て、心《こころ》の中《なか》で叫《さけ》んだ。

**お前《まえ》の方《ほう》がかわいいだろっ……!**

って、違《ちが》う！！！

自分《じぶん》の思考《しこう》に腹《はら》がたって、頭《あたま》を抱《かか》える。

あんなやつ、かわいくもなんともねー!!

「明日《あした》から夏休《なつやす》みだから、当分会《とうぶんあ》えなくなっちゃうね……」

「…………」

「な、夏休《なつやす》みが終《お》わったら、またくるからねっ……！」

あいつ、本気《ほんき》で猫《ねこ》と話《はな》してやがる……。バカじゃないのか……。

「**ぶにゃぁああ……**」

「かわいい〜っ……！」

「……っ」

悶《もだ》えている愛《あい》を見《み》て、もう一度《いちど》頭《あたま》を抱《かか》えた。

だから、かわいいのは、**お前《まえ》だろーが……！**

って、**ちげー！！！**

あんなやつかわいくもなんともねーし！！！

俺《おれ》はもう愛《あい》のことなんか、いっさい好《す》きじゃねーんだよ……!!

あーくそ、頭《あたま》がおかしくなる……！　早《はや》くここから離《はな》れねーと……!!

そう思《おも》って振《ふ》り返《かえ》ろうとした時《とき》、俺《おれ》は何《なに》か

に気《き》づいた。

なんだ……誰《だれ》かこっちを見《み》てる……？

視線《しせん》を向《む》けると、4階《かい》の離《はな》れた窓《まど》に、遠《とお》くからでもわかるほど**綺麗《きれい》な顔《かお》をした男《おとこ》がいた。**

そいつが、じっと愛《あい》を見《み》ていることに気《き》づいて、顔《かお》をしかめる。

なんだあいつ……って、あ、向《む》こうも俺《おれ》に気《き》づきやがった……。

すぐに窓《まど》の奥《おく》に消《き》えていったそいつ。一瞬《いっしゅん》、そいつの頭《あたま》に**耳《みみ》がついている**ように見《み》えた。

獣人《じゅうじん》……？　いや、気《き》のせいか……？

獣人《じゅうじん》は珍《めずら》しいし、あそこは確《たし》か2年《ねん》の棟《とう》だ。2年《ねん》には、生徒会《せいとかい》のやつ以外《いがい》に獣人《じゅうじん》はいない。

生徒会《せいとかい》は来《き》てないし、獣人《じゅうじん》がいるはずない。

とっとと帰《かえ》るか……。

ただの見間違《みまちが》いだろうと決《き》めつけて、俺《おれ》はその場《ば》から立《た》ち去《さ》った。

# 5 出《で》会《あ》い

夏休《なつやす》みに入《はい》って、数日《すうじつ》が経《た》った。

私《わたし》は毎日《まいにち》、おばあちゃんのカフェのお手伝《てつだ》いをしながら過《す》ごしていた。

窓《まど》から外《そと》を見《み》て、ほっと息《いき》を吐《つ》く。

「やっと雨《あめ》も落《お》ち着《つ》いてきたね」

台風《たいふう》がきて、昨日《きのう》まで嵐《あらし》が続《つづ》いていた。

雨《あめ》も風《かぜ》もひどくて、カフェが壊《こわ》れたらどうしようって心配《しんぱい》になったくらいだ。

ようやく落《お》ち着《つ》いたみたいで、風《かぜ》が止《や》んで今《いま》は雨《あめ》が少《すこ》し降《ふ》っている。

心配《しんぱい》そうに窓《まど》の外《そと》を見《み》ているおばあちゃん。

「早《はや》く止《や》むといいねぇ……」

「もうすぐ止《や》むんじゃないかな？　私《わたし》、買《か》い出《だ》しに行《い》ってくるよ！」

私《わたし》の言葉《ことば》に、おばあちゃんは珍《めずら》しく顔《かお》をしかめた。

「足元《あしもと》も滑《すべ》りやすいから、雨《あめ》が止《や》んでからで大丈夫《だいじょうぶ》だよ」

もしかしたら……**あの時《とき》のこと**を思《おも》い出《だ》して、心配《しんぱい》してるのかな？

実《じつ》は、まだ私《わたし》が小学校《しょうがっこう》2年生《ねんせい》の頃《ころ》……森《もり》で怪我《けが》をしたことがある。

当時《とうじ》の私《わたし》はお母《かあ》さんとお父《とう》さんと暮《く》らしていて、夏休《なつやす》みでおばあちゃんの家《いえ》にひとり泊《と》まりにきていた。

その時《とき》に、森《もり》で出会《であ》った子《こ》どもの動物《どうぶつ》と仲良《なかよ》くなったんだ。

**子猫《こねこ》**と、**子《こ》うさぎ**と、**子犬《こいぬ》**だった。

ある日《ひ》、天候《てんこう》が荒《あ》れていて、心配《しんぱい》になった私《わたし》はみんなのところに行《い》ったんだ。そうしたら……川《かわ》で流《なが》されそうになっていたみんなを見《み》つけて、助《たす》けようとして川《かわ》に飛《と》びこんだ。

無事《ぶじ》にみんなを助《たす》けることはできたけど、その時《とき》に負《お》った傷《きず》が今《いま》も腕《うで》に残《のこ》っている。肩《かた》に近《ちか》い位置《いち》で服《ふく》で隠《かく》せる場所《ばしょ》だから、なんともないんだけど。

川《かわ》からなんとかはい上《あ》がって意識《いしき》が朦朧《もうろう》としている時《とき》に、偶然通《ぐうぜんとお》りかかった大人《おとな》の人《ひと》が助《たす》けてくれて、病院《びょういん》に運《はこ》ばれて……おばあちゃんとおじいちゃんが、泣《な》きながら病室《びょうしつ》に入《はい》ってきたのを今《いま》も鮮明《せんめい》に覚《おぼ》えていた。

あの時《とき》はきっと、すごく心配《しんぱい》をかけてしまっただろうな……今《いま》でも申《もう》し訳《わけ》なく思《おも》ってる。

おばあちゃんはあの時《とき》のことがトラウマなのか、出《で》て行《い》こうとした私《わたし》を心配《しんぱい》そうに見《み》ていた。

「もうサンドイッチ用《よう》の野菜《やさい》がないでしょう？　小雨《こさめ》だし、大丈夫《だいじょうぶ》！　それに、川《かわ》に飛《と》びこんだりはもうしないから安心《あんしん》して……！」

今日《きょう》はおばあちゃんのサンドイッチが大好《だいす》きな常連《じょうれん》さんがきてくれる曜日《ようび》だし、午前中《ごぜんちゅう》のうちに買《か》い出《だ》しを済《す》ませておきたい。

おばあちゃんは心配《しんぱい》していたけど、私《わたし》は大丈夫《だいじょうぶ》だよと説得《せっとく》して家《いえ》を出《で》た。


スーパーで買《か》い物《もの》をして、家《いえ》までの道《みち》を歩《ある》く。

もうすぐ家《いえ》に着《つ》くって頃《ころ》に、小降《こぶ》りだった雨《あめ》がはげしくなった。

「わっ……すごい降《ふ》ってきた……！」

家《いえ》の近《ちか》くでよかった……早《はや》く帰《かえ》ろう！

「**うわ、きたね！！**」

早足《はやあし》で山道《やまみち》を歩《ある》いている時《とき》、誰《だれ》かの声《こえ》が聞《き》こえた。

ん……？

声《こえ》がしたほうを見《み》ると、そこにはクラスの男《おとこ》の子《こ》3人《にん》がいた。

あの人《ひと》たち……コンくんとよく遊《あそ》んでる人《ひと》たちだ……。

こんなところで何《なに》してるんだろう……？

というか……あれはなんだろう……？

大《おお》きな木《き》の下《した》に、ぽつんと置《お》かれた段《だん》ボール。

男《おとこ》の子《こ》たちはそれをのぞきこんで、汚《きたな》いと言《い》っているみたいだ。

箱《はこ》の中《なか》に何《なに》かいる……？

「泥《どろ》だらけじゃん」

「ほんときったねー」

「捨《す》てられたんだろ」

え……？

気《き》づかれないようにそっと近《ちか》づいて箱《はこ》の中《なか》をのぞくと、そこには男《おとこ》の子《こ》たちが言《い》っているように、泥《どろ》で汚《よご》れた小《ちい》さな動物《どうぶつ》がいた。

**子犬**《こいぬ》と、**子猫**《こねこ》と、**子**《こ》**うさぎ**と……もう1匹《ぴき》も……**子犬**《こいぬ》？　にしては大《おお》きい気《き》もするけど
……なんの動物《どうぶつ》かな……？

誰《だれ》がこんなところに置《お》いていったんだろう……。

「こいつらどうする？」

「水《みず》かけたらちょっとはましになるんじゃないか」

けらけらと笑《わら》っている男《おとこ》の子《こ》たちの言葉《ことば》に、真《ま》っ青《さお》になった。

ひどい……あんな小《ちい》さい動物《どうぶつ》をいじめるなんて……。

どうしよう……た、助《たす》けなきゃ……。

でも、**怖《こわ》い**……。

コンくんの後《うし》ろで、たまに一緒《いっしょ》になって笑《わら》っている子《こ》たちだ。

ここで止《と》めに入《はい》ったら、また教室《きょうしつ》で何《なに》か言《い》われるかも……。

もっと、クラスで孤立《こりつ》しちゃうかも……。

段《だん》ボールの中《なか》の動物《どうぶつ》たちを、遠《とお》くからじっと眺《なが》める。

あの子《こ》たち〝も〟、捨《す》てられたのかな……。

『**それじゃあね、愛《あい》。おばあちゃんとおじいちゃんの家《いえ》でいい子《こ》にしてるのよ**』

私《わたし》を置《お》いて去《さ》っていった、お母《かあ》さんとお父《とう》さん。

「行《い》かないで」と言《い》いたくても言《い》えなかったあの日《ひ》の自分《じぶん》と、この子《こ》たちの姿《すがた》が重《かさ》なった。

「ほら、洗《あら》ってやるよ」

男《おとこ》の子《こ》が、水《みず》が入《はい》っているペットボトルをかたむけた。

……怖《こわ》がってる、**場合《ばあい》じゃないっ**……。

「や、**やめてください……‼**」

覚悟《かくご》を決《き》めて、私《わたし》は木《き》の影《かげ》から飛《と》び出《で》た。

私《わたし》の体《からだ》に水《みず》がかかったけど、この子《こ》たちが濡《ぬ》れなくてよかったとほっとする。

私《わたし》に気《き》づいて、**「げっ」**と嫌《いや》そうな顔《かお》をした男《おとこ》の子《こ》たち。

「うわ、優希愛《ゆうきあい》だ……」

「な、なんだよ」

「こんな小《ちい》さな動物《どうぶつ》をいじめるなんて……さ、最低《さいてい》です……！」

近《ちか》くで見《み》ると……この子《こ》たち、弱《よわ》ってるように見《み》える。

全然動《ぜんぜんうご》いていないし、息《いき》をするのがせいいっぱいみたい……。

こんな子《こ》たちをいじめるなんて……ひどい……。

「お前《まえ》、普段《ふだん》は何《なに》言《い》われても言《い》い返《かえ》さないくせに、なんなんだよ」

「おい、やめとこうぜ」

ひとりの男《おとこ》の子《こ》が、こそこそ話《はな》している。

「優希愛《ゆうきあい》に何《なに》かしたら、**コンくんにキレられるぞ**」

「たしかに……ちっ、行《い》くぞ」

あ……行《い》ってくれた……。

走《はし》って行《い》った男《おとこ》の子《こ》たちをみて、全身《ぜんしん》の力《ちから》が抜《ぬ》けるほどほっとした。

よかった……って、安心《あんしん》するのはまだ早《はや》い。

私《わたし》はすぐに4匹《ひき》の動物《どうぶつ》たちが入《い》れられた段《だん》ボールにかけよった。

あれ、この子達《こたち》……。

一瞬《いっしゅん》、4匹《ひき》のうちの3匹《びき》が昔森《むかしもり》で出会《であ》った3匹《びき》の動物《どうぶつ》と重《かさ》なった。

まさか、そんなわけないよね……？

あの時《とき》小《ちい》さかったってことは、みんなもう大《おお》きくなっているだろうし……似《に》ているだけに違《ちが》いない。

みんな泥《どろ》だらけで、濡《ぬ》れて寒《さむ》いのかぷるぷると震《ふる》えていた。

「**くぅん……**」

小《ちい》さく鳴《な》いた子犬《こいぬ》の声《こえ》に、胸《むね》がぎゅっとしめつけられた。

すごくしんどそうにしてる……ど、どうしよう……。

この辺《あた》りに、動物病院《どうぶつびょういん》はないはず。
街《まち》に行《い》くにはバスに乗《の》らないといけないし……。
ひ、ひとまず、家《いえ》に連《つ》れて帰《かえ》ろうっ……！

**「にゃぁ……」**

今《いま》にも力尽《ちからつ》きそうな猫《ねこ》ちゃんの声《こえ》に悲《かな》しくなりながら、慌《あわ》てて上着《うわぎ》をぬいだ。
少《すこ》しでもあったかくなるように、みんなを上着《うわぎ》にくるんで抱《だ》きかかえる。
お、重《おも》たいっ……けど、いつも持《も》ってるお米《こめ》に比《くら》べたら平気《へいき》だ……！

「つらいと思《おも》うけど、少《すこ》しだけ我慢《がまん》してね……！　家《いえ》についたら、お水《みず》もご飯《はん》もたくさん用意《ようい》するからね……！」

体《からだ》、冷《つめ》たい……急《いそ》がなきゃっ……。
帰《かえ》ったら綺麗《きれい》にしてあげて、暖《あたた》かくして……おいしいご飯《はん》をいっぱい食《た》べさせてあげたい。

**「大丈夫《だいじょうぶ》だよ」**

人間《にんげん》の言葉《ことば》は伝《つた》わらないだろうけど……少《すこ》しでも安心《あんしん》させてあげたかった。

**「きゅぅ……」**

4匹《ひき》が、ゆっくりと私《わたし》を見《み》た気《き》がした。

**「捨《す》てる神《かみ》あれば拾《ひろ》う神《かみ》あり**って言葉《ことば》があるの。私《わたし》は神様《かみさま》じゃないけど、**私《わたし》もとっても素《す》敵《てき》な人《ひと》に拾《ひろ》われたんだよ。**みんなで一緒《いっしょ》に、神様《かみさま》のいるお家《うち》に帰《かえ》ろうね」

私《わたし》は雨《あめ》に打《う》たれながら、急《いそ》いで家《いえ》に向《む》かった。

「愛《あい》、おかえり……！　雨《あめ》がひどくなったから心配《しんぱい》したよ……って、あらまぁ……！」

家《いえ》につくと、おばあちゃんが迎《むか》えてくれた。

私《わたし》が抱《かか》えている4匹《ひき》を見《み》て、びっくりしているおばあちゃん。

「おばあちゃん、あの……山道《やまみち》の途中《とちゅう》で、この子《こ》たちを見《み》つけて……すごく苦《くる》しそうだっ

たから、連《つ》れて帰《かえ》ってきちゃった……」

勝手《かって》に動物《どうぶつ》を連《つ》れて帰《かえ》ってくるなんて、怒《おこ》られるかもしれない……。

不安《ふあん》になりながらわけを話《はな》すと、おばあちゃんはいつものように、優《やさ》しい笑《え》みを浮《う》かべてくれた。

「そうだったんだねぇ。なら、早《はや》くご飯《はん》を用意《ようい》してあげないとね」

おばあちゃん……。

「うん……！　えっと……家《いえ》にあるもので、食《た》べられるもの調《しら》べてみる!!」

「それじゃあおばあちゃんは、タオルをとってくるよ。泥《どろ》も落《お》としてあげなくちゃね」

私《わたし》がお父《とう》さんとお母《かあ》さんに連《つ》れてこられた日《ひ》もおばあちゃんは、笑顔《えがお》で私《わたし》を迎《むか》え入《い》れてくれた。

「ね？　私《わたし》の神様《かみさま》、素敵《すてき》な人《ひと》でしょう？」

誰《だれ》よりも優《やさ》しい、大好《だいす》きなおばあちゃん。

腕《うで》の中《なか》のみんなを見《み》て、そっとささやいた。

# 6 新《あたら》しい家族《かぞく》

「きゃん！」

元気《げんき》に吠《ほ》えたわんちゃんを見《み》て、私《わたし》はぱあっと目《め》を輝《かがや》かせた。

家《いえ》にドッグフードやキャットフードはないから、スマホで食《た》べられるものを調《しら》べておかゆを作《つく》った。

おかゆなんて食《た》べさせていいのかなって不安《ふあん》だったけど、おかゆと水《みず》を用意《ようい》すると、みんなすぐにたいらげて、部屋《へや》の中《なか》を走《はし》り回《まわ》っている。

元気《げんき》になって、よかったっ……。

「みんな元気《げんき》がありあまってるようだねぇ、ほっほっほっ」

おばあちゃんも嬉《うれ》しそうにしていて、ほっと胸《むね》をなでおろす。

「お腹《なか》が空《す》いてただけなのかな？　風邪《かぜ》とか引《ひ》いてなかったらいいけど……一度《いちど》病院《びょういん》で診《み》てもらったほうがいい？」

私《わたし》の言葉《ことば》に、なぜかぴたりと動《うご》きを止《と》めた4匹《ひき》。

**「ぐるる……」**

**「にゃぁ～」**

**「……………」**

**「わぉおん」**

声《こえ》を出《だ》せないうさぎ以外《いがい》のみんなが、まるで嫌《いや》がるように首《くび》を横《よこ》にふって鳴《な》いていた。

もしかして、病院《びょういん》が嫌《いや》なのかな？

でも、病院《びょういん》って言葉《ことば》がわかるわけないよね……？　気《き》のせい？

「病院《びょういん》にはいかなくても平気《へいき》？」

そっと話《はな》しかけると、みんなこくりと首《くび》を縦《たて》に振《ふ》った。

ほ、ほんとに言葉《ことば》がわかってるの……？

ひとまず、病院《びょういん》は置《お》いておくとして……。

「この子《こ》たち、どうしよう……」

弱《よわ》っていたから、とにかく助《たす》けないとと思《おも》って連《つ》れて帰《かえ》ってきたけど……そのあとのことを考《かんが》えていなかった。

「そうだねぇ……」

おばあちゃんも、困《こま》ったようにつぶやいている。

「保護施設《ほごしせつ》に、預《あず》けた方《ほう》がいいのかな……？　それとも、新《あたら》しい**飼《か》い主《ぬし》**を探《さが》すとか……」

うん、この子《こ》たちの幸《しあわ》せを考《かんが》えるなら……飼《か》い主《ぬし》をちゃんと探《さが》すのが一番《いちばん》いい気《き》がする。

今度《こんど》は、捨《す》てたりしない、優《やさ》しい飼《か》い主《ぬし》さんのもとで……**幸《しあわ》せになってほしいな**……。

4匹《ひき》が、ぴくっと耳《みみ》を動《うご》かした。

**「きゅぅ……」**

「え？　ど、どうしたの？」

みんなが一斉《いっせい》に私《わたし》のほうに集《あつ》まってきて、甘《あま》えるように膝《ひざ》にすり寄《よ》ってきた。

もしかして……。

**「ここに、いたいの……？」**

みんなが、訴《うった》えかけるようにこっちを見《み》ている。

つぶらな瞳《ひとみ》に見《み》つめられて、胸《むね》が痛《いた》んだ。

「そっか……」

あんなところに捨《す》てられて、不安《ふあん》だったよね……。

この子《こ》たちもきっと、早《はや》く決《き》まったお家《うち》に住《す》んで、穏《おだ》やかに過《す》ごしたいはずだ。

……よし。

「お、おばあちゃん、あのね……この子《こ》たち、家《いえ》で飼《か》っちゃ、ダメかなっ……」

「え？」

驚《おどろ》いた顔《かお》で、私《わたし》を見《み》たおばあちゃん。

4匹《ひき》も動物《どうぶつ》を飼《か》うなんて……きっと大変《たいへん》だと思《おも》う。

動物《どうぶつ》を飼《か》うのは簡単《かんたん》なことじゃないし……お金《かね》だってかかる。

飼《か》ってみないとわからない苦労《くろう》だってあると思《おも》うけど……それでも、この子《こ》たちのこと、
**私《わたし》が幸《しあわ》せにしたいって思《おも》った。**

おばあちゃんとおじいちゃんが、**私《わたし》を大切《たいせつ》に育《そだ》ててくれたみたいに。**

「私《わたし》、ちゃんと責任《せきにん》持《も》って育《そだ》てる……！　お手伝《てつだ》いも、今《いま》まで以上《いじょう》にがんばる……！　も、もちろん、学校《がっこう》の勉強《べんきょう》も……！　だから……あの……」

「ほっほっ」

私《わたし》が言《い》い終《お》わるよりも先《さき》に、おばあちゃんが笑《わら》った。

「愛《あい》は責任感《せきにんかん》が強《つよ》い子《こ》だからね、心配《しんぱい》はしてないよ」

え……？

それって……みんなを家《いえ》に迎《むか》えても、いいってこと……？

「4人《にん》も家族《かぞく》が増《ふ》えたら、忙《いそが》しくなるねぇ」

「おばあちゃん……」

嬉《うれ》しくて、唇《くちびる》をきゅっとかみしめた。

「**わん！**」

4匹《ひき》も、喜《よろこ》ぶように私《わたし》とおばあちゃんの周《まわ》りをくるくると走《はし》っている。

私《わたし》はぎゅっとおばあちゃんに抱《だ》きついた。

「ありがとうおばあちゃん……！　大好《だいす》き……！」

この子《こ》たちのこと……絶対絶対大切《ぜったいぜったいたいせつ》にする。

愛情《あいじょう》いっぱい育《そだ》てるから……。

「おばあちゃんも愛《あい》が大好《だいす》きだよ」

おばあちゃんの言葉《ことば》に思《おも》わず涙《なみだ》があふれてきて、ぎゅうっと抱《だ》きしめる手《て》に力《ちから》を込《こ》めた。

「それじゃあ、名前《なまえ》は何《なに》にしようか？」

「えっと……**わんちゃん**と、**にゃーちゃん**と、**ぴょんちゃん**と……黄色《きいろ》だから、**きーちゃん**は？」

「……ちょっと直接的《ちょくせつてき》すぎないかねぇ」

「そうかな？　もう少《すこ》し考《かんが》えてみる……！」


早速必要《さっそくひつよう》なものを買《か》ってきて、カフェのお手伝《てつだ》いの合間《あいま》をぬってみんなと遊《あそ》んだ。

そろそろ眠《ねむ》る時間《じかん》になって、布団《ふとん》を敷《し》く。

「わんちゃんと、にゃーちゃんと、ぴょんちゃんと、きーちゃん、一緒《いっしょ》に寝《ね》ようっ」

悩《なや》んだ結果《けっか》、結局《けっきょく》みんなの名前《なまえ》はそれに決定《けってい》した。

いろんな名前《なまえ》を考《かんが》えてみたけど、やっぱりこれがぴったりだと思《おも》ったんだ。

みんなと一緒《いっしょ》に布団《ふとん》に入《はい》ろうとしたけど、なぜかみんな動《うご》かずにこっちを見《み》ている。

「も、もしかして、一緒《いっしょ》に寝《ね》るのは嫌《いや》かなっ……？」

**「にゃ、にゃぁ……」**

嫌《いや》がっているわけではなさそう、かな……？

「わんちゃん、にゃーちゃん、ぴょんちゃん、きーちゃん、おいで……！」

みんなの名前《なまえ》を呼《よ》んで、両手《りょうて》を広《ひろ》げた。

みんなは顔《かお》を見合《みあ》わせた後《あと》、恐《おそ》る恐《おそ》るこっちにきてくれた。

私《わたし》はみんなをぎゅっと抱《だ》きしめて、布団《ふとん》に入《はい》る。

えへへ、かわいいな……。

「みんな、元気《げんき》に育《そだ》ってね……」

私《わたし》も、みんなを愛情《あいじょう》いっぱい育《そだ》てるからっ……。

「ふふっ、みんなもう愛《あい》に懐《なつ》いてるんだねぇ」

隣《となり》で横《よこ》になっているおばあちゃんも笑《わら》っていて、家《いえ》の中《なか》がいつもより賑《にぎ》やかになった気《き》がした。

家族《かぞく》が増《ふ》えるって、いいな……。

これからは、おばあちゃんと、みんなと、楽《たの》しく暮《く》らしていきたい。

ずっとみんなで、笑《わら》っていられますようにっ……！

# 7 4匹《ひき》＝獣《じゅう》人《じん》族《ぞく》？

朝《あさ》、目《め》が覚《さ》めて、じょじょに視界《しかい》がはっきりしていく。

よく寝《ね》た……。

あくびをしてから起《お》きあがろうとした時《とき》、私《わたし》の目《め》に映《うつ》ったのは衝撃《しょうげき》の光景《こうけい》だった。

「……え？」

私《わたし》の周《まわ》りで、すやすや眠《ねむ》っている**男《おとこ》の子《こ》**4人《にん》の姿《すがた》。

……男《おとこ》の子《こ》が……4人《にん》……。

**「えええええ!?」**

思《おも》わず大《おお》きな声《こえ》で叫《さけ》んで、ばっととび起《お》きる。

「……うるせぇな……」

私《わたし》の声《こえ》で目《め》が覚《さ》めたのか、顔《かお》をしかめた男《おとこ》の子《こ》が目《め》をこすった。

よく見《み》ると、彼《かれ》には犬《いぬ》のような立派《りっぱ》な**黒《くろ》い耳《みみ》が生《は》えている。**

じゅ、獣人《じゅうじん》の男《おとこ》の子《こ》……？

ど、どうしてここにっ……。

次々《つぎつぎ》と目《め》を覚《さ》ます男《おとこ》の子《こ》たちにはみんな、それぞれ獣人《じゅうじん》の耳《みみ》がついていた。

「ふわぁ……誰《だれ》だよ、叫《さけ》んだの……」

「……俺《おれ》、まだ、眠《ねむ》い」

「…………」

**猫《ねこ》のような耳《みみ》**が生《は》えた男《おとこ》の子《こ》と、**うさぎのような耳《みみ》**が生《は》えた男《おとこ》の子《こ》。

そしてもうひとりは……犬《いぬ》？　**ポメラニアン**にも見《み》えるような、丸《まる》い耳《みみ》をしている。

目《め》が覚《さ》めたら突然獣人《とつぜんじゅうじん》の男《おとこ》の子《こ》が４人《にん》いる状態《じょうたい》に、私《わたし》はパニックになった。

「あ、あああああ、あのっ……」

「は？　……あー、マジか」

「あれ……**ロウ**、お前《まえ》、**人間《にんげん》に戻《もど》って**……ってことは、**俺《おれ》も戻《もど》ったってこと!?**」

「あ、戻《もど》った、よかった」

口々《くちぐち》に何《なに》かいいながら、喜《よろこ》んだりめんどくさそうにしたりしている彼《かれ》ら。

丸《まる》い耳《みみ》をした男《おとこ》の子《こ》だけは、黙《だま》ったままこっちを見《み》ていた。

「**愛《あい》……**」

え……？　私《わたし》の名前《なまえ》、知《し》ってるの……？

「ど、どどど、どちら様《さま》ですかっ……」

も、もしかして、**不審者《ふしんしゃ》っ……!?**

「愛《あい》、落《お》ち着《つ》いて。**俺《おれ》たちだよ**」

俺《おれ》たち……？

「その……**きーちゃん**」

男《おとこ》の子《こ》は、恥《は》ずかしそうに顔《かお》を赤《あか》くしながらその名前《なまえ》を口《くち》にした。

「きーちゃん……？」

この、男《おとこ》の子《こ》が……？

「俺《おれ》がにゃーちゃんだけど……お、お前《まえ》、**ネーミングセンスなさすぎだ！**」

「俺《おれ》、ぴょん、ちゃん」

「……俺《おれ》は犬《いぬ》じゃなくて、**狼《おおかみ》だ**」

他《ほか》のみんなも、次々《つぎつぎ》と名前《なまえ》を口《くち》にした。

この人《ひと》たちが……きーちゃんと、にゃーちゃんと、ぴょんちゃんと、わんちゃん……？

普通《ふつう》に考《かん》えたらありえない……でも、４人《にん》に生《は》えている耳《みみ》は、確《たし》かに元《もと》のみんなの耳《みみ》と一緒《いっしょ》だった。

……ことは……みんなが、**人間《にんげん》になったってこと……？**

動物《どうぶつ》が人間《にんげん》になるなんて、聞《き》いたことがないっ……。

「ほんとに、わんちゃんとにゃーちゃんとぴょんちゃんときーちゃんなの……？」

「ほんとだよ」

「ど、どうして……!?　何《なに》か変《へん》なものを食《た》べて、人間《にんげん》になっちゃった……!?」

やっぱり、病院《びょういん》に連《つ》れて行《い》ったほうがいいのかな……!?

「ううん、**逆《ぎゃく》なんだ**」

逆《ぎゃく》……？

「もともと俺《おれ》たちは人間《にんげん》なんだ。**獣人族《じゅうじんぞく》**って聞《き》いたことある？」

「獣人族《じゅうじんぞく》……？　えっと……獣人族《じゅうじんぞく》は先祖《せんぞ》の耳《みみ》がついてるけど、人間《にんげん》と変《か》わらないんじゃ……」

「だいたいはそうなんだ。でも、**特《とく》に能力《のうりょく》が強《つよ》い獣人族《じゅうじんぞく》は、先祖《せんぞ》の姿《すがた》に変化《へんげ》できるんだ**」

そ、そうだったんだ……知《し》らなかったっ……。

でも、だったらどうしてあんな場所《ばしょ》にいたんだろう……？

段《だん》ボールに入《い》れられて……男《おとこ》の子《こ》たちにいじめられてた時《とき》も、動物《どうぶつ》のままでいたのはどうして……？

「今《いま》までずっと、動物《どうぶつ》の姿《すがた》に変化《へんげ》してたってこと……？」

「いや、自分達《じぶんたち》の意思《いし》で変化《へんげ》してたわけじゃない。今回《こんかい》はわけあって……**力《ちから》が弱《よわ》って、**人間《にんげん》の姿《すがた》に戻《もど》れなくなってた」

きーちゃんの説明《せつめい》に、なるほどと納得《なっとく》した。

みんなも、人間《にんげん》の姿《すがた》に戻《もど》れなくて戸惑《とまど》ってたんだ……。

言《い》われてみれば、違和感《いわかん》はいくつかあった。

みんなは買《か》ってきた動物用《どうぶつよう》のフードはいっさい食《た》べてくれなくて、私《わたし》が作《つく》ったおかゆだけを食《た》べてたし、たまに私《わたし》の言葉《ことば》がわかっているのかと思《おも》うことがあった。

「もう戻《もど》れないかもって焦《あせ》ってたから、戻《もど》れてよかった」

きーちゃんがほっと胸《むね》を撫《な》で下《お》ろしていて、他《ほか》のみんなも安心《あんしん》した表情《ひょうじょう》をうかべていた。

みんなの悩《なや》みが解決《かいけつ》したならよかった……だ、だけど、まだ状況《じょうきょう》を完全《かんぜん》に受《う》け入《い》れられないっ……。

「ま、待《ま》って……まだ混乱《こんらん》してて……もう少《すこ》し整理《せいり》させてほしくて……」

「えっと……それじゃあ、**これなら信《しん》じる？**」

**――ボフっ！**

「き、きーちゃんっ……」

白《しろ》い煙《けむり》が広《ひろ》がったのと同時《どうじ》に、動物《どうぶつ》の姿《すがた》のきーちゃんが現《あらわ》れた。

**――ボフっ！**

もう一度《いちど》煙《けむり》が立《た》ち込《こ》めて、また人間《にんげん》の姿《すがた》に戻《もど》ったきーちゃん。

「……信《しん》じた？」

「…………」

な、何度《なんど》見《み》ても、意味《いみ》がわからないっ……。

「……ダメだ、愛《あい》がパニック状態《じょうたい》になってる」

「まあ、信《しん》じろっていうほうが難《むずか》しいだろ」

「目《め》、すごい、回《まわ》ってる」

「……おい、大丈夫《だいじょうぶ》か？」

こ、これは、夢《ゆめ》……？

まさか、拾《ひろ》ってきた4匹《ひき》の家族《かぞく》が、**獣人族《じゅうじんぞく》の男《おとこ》の子《こ》**だったなんて……。

# 8 ひとつ屋根《やね》の下《した》

「何《なに》か聞《き》こえたけど、どうしたんだい……って、おや、愛《あい》のお友達《ともだち》かい？」

扉《とびら》が開《ひら》いて入《はい》ってきたおばあちゃんが、みんなを見《み》て不思議《ふしぎ》そうにしていた。

「お、おばあちゃん……」

冷静《れいせい》なおばあちゃんの反応《はんのう》に、私《わたし》の方《ほう》が驚《おどろ》いてしまう。

「じ、実《じつ》は……」

私《わたし》はおばあちゃんに、目《め》が覚《さ》めたらみんなが人間《にんげん》になっていたことを説明《せつめい》した。

みんなはもともと獣人族《じゅうじんぞく》で、力《ちから》が弱《よわ》って動物《どうぶつ》の姿《すがた》になってしまっていたことを話《はな》すと、おばあちゃんは納得《なっとく》したようにうなずいた。

「そういうことだったんだねぇ……」

「お、おばあちゃん、驚《おどろ》かないのっ……？」

「この年《とし》になったら、これしきのことじゃ驚《おどろ》かないよ、ほっほっ」

こ、これしきのことじゃないと思《おも》うけどっ……！

さすがはおばあちゃん……肝《きも》が据《す》わってる……。

「その……愛《あい》とおばあちゃんさえよければ、**俺《おれ》たちをここに置《お》いてもらえませんか**」

え……？

きーちゃんの言葉《ことば》に、驚《おどろ》いて目《め》を見開《みひら》いた。

にゃーちゃんとわんちゃんとぴょんちゃんも、困《こま》ったように眉間《みけん》にしわを寄《よ》せている。

「実《じつ》は俺《おれ》たち、家出《いえで》というか、**家《いえ》を追《お》い出《だ》された**というか……」

「そうだったのかい……大変《たいへん》だったねぇ……」

あんなところにいたから、何《なに》か事情《じじょう》があったんだとは思《おも》ったけど……まさか家《いえ》を追《お》い出《だ》されていたなんて……。

「もちろん、いつまででもいてくれていいからねぇ」

即答《そくとう》したおばあちゃんに、みんな目《め》を見開《みひら》いている。

おばあちゃんの返事《へんじ》が、予想外《よそうがい》だったみたいだ。

「じつは昔《むかし》、宿舎《しゅくしゃ》として部屋《へや》を貸《か》し出《だ》していたこともあるんだよ。だから、部屋《へや》はたくさん余《あま》ってるよ」

「ほ、ほんとにいいんですか……？」

「もちろんだよ。その代《か》わり、親御《おやご》さんには連絡《れんらく》しておくんだよ」

「ありがとうございます……！」

きーちゃんが頭《あたま》を下《さ》げると、他《ほか》のみんなも頭《あたま》を下《さ》げた。

「ありがとう、ばーちゃん！」

「お世話《せわ》に、なります」

「……この恩《おん》はちゃんと返《かえ》す」

「ほっほっ、お礼《れい》なら愛《あい》に言《い》ってあげて」

そんな……私《わたし》は何《なに》も……。

それに、私《わたし》だっておばあちゃんに拾《ひろ》ってもらった身《み》だから。

きーちゃんが、心配《しんぱい》そうに私《わたし》を見《み》ていることに気《き》づいた。

「愛《あい》は……俺《おれ》たちがいるのは、**嫌《いや》じゃない？**」

え？　嫌《いや》？

そ、そんなわけないのにっ……。

確《たし》かにまだ戸惑《とまど》っているけど、家《いえ》を追《お》い出《だ》されたなんて聞《き》いたら、放《ほう》っておけないよ。

みんなを拾《ひろ》った時《とき》に、ちゃんと責任《せきにん》は持《も》つって決《き》めたし、いつまでだっていてくれてかまわない。

「ううん、大歓迎《だいかんげい》だよ。みんなにとっても、ここが**新《あたら》しい居場所《いばしょ》**になったら嬉《うれ》しい」

微笑《ほほえ》むと、きーちゃんは嬉《うれ》しそうに口元《くちもと》をゆるめた。

「ありがとう」

わっ……。

改《あらた》めて見《み》ると、きーちゃんはすごく綺麗《きれい》な顔《かお》をしていて、笑《わら》った顔《かお》はきらきらが見《み》えるくらいまぶしかった。

それに、なんだかオーラを感《かん》じるというか……只者《ただもの》じゃなさそうっ……。

「そうだ……自己紹介《じこしょうかい》がまだだった。**犬守《いぬがみ》レオ**です、よろしくお願《ねが》いします」

自己紹介《じこしょうかい》してくれたきーちゃんを見《み》て、にゃーちゃんが顔《かお》をしかめた。

「お前《まえ》、犬守《いぬがみ》って……」

「…………」

「**ひっ、に、睨《にら》むなよ……！**」

どうしたんだろう……？

きーちゃんに睨《にら》まれて黙《だま》ったにゃーちゃんは、こほんと咳払《せきばら》いした。

「俺《おれ》は**猫宮《ねこみや》ミケ！**」

「**兎白《とはく》、ツキ**」

「**……狼矢《かみや》ロウ**だ」

名前《なまえ》を教《おし》えてくれたみんなを、微笑《ほほえ》ましそうに見《み》ているおばあちゃん。

「一気《いっき》に大家族《だいかぞく》だねぇ……ほっほっ」

確《たし》かに……みんながいる間《あいだ》は、ここに6人《にん》で住《す》むってことだもんね。

「俺《おれ》のことは、レオって呼《よ》んでね」

私《わたし》を見《み》て、きーちゃん……じゃなくて、レオくんが微笑《ほほえ》んだ。

「う、うん！　私《わたし》のことも愛《あい》って呼《よ》んでね」

微笑《ほほえ》み返《かえ》すと、なにやらじーっとこっちを見《み》てくるレオくん。

「ど、どうしたの？」

わ、私《わたし》の顔《かお》に何《なに》かついてる……？

「**……やっと話《はな》せて、嬉《うれ》しい**」

言葉通《ことばどお》り、本当《ほんとう》に嬉《うれ》しそうに笑《わら》ったレオくん。

レオくんの言《い》い方《かた》はまるで、ずっと前《まえ》から私《わたし》を知《し》っていたみたいに聞《き》こえた。

「やっと？」

って、どういう意味《いみ》……？

レオくんと出会《であ》ったのは、昨日《きのう》のはずだけど……？

「ううん。これからよろしくね」

不思議《ふしぎ》に思《おも》いながらも、もう一度《いちど》微笑《ほほえ》んだレオくんに、私《わたし》も笑顔《えがお》を返《かえ》した。

こうして――**みんなとの共同生活《きょうどうせいかつ》がスタートした。**

# 9 運命《うんめい》

Side レオ

まさか、助《たす》けてもらった上《うえ》に、住《す》まわせてもらえることになるなんて……。

すごくありがたいけど、愛《あい》とおばあちゃんは人《ひと》がよすぎて心配《しんぱい》だ。

もし俺《おれ》たちが悪《わる》いやつらだったら騙《だま》されていただろうし……今後《こんご》も悪《わる》いやつがきたら、ふたりは簡単《かんたん》に騙《だま》されてしまうかもしれない。

……ふたりが騙《だま》されないように、**俺《おれ》が守《まも》らないと。**

「ううん、大歓迎《だいかんげい》だよ。みんなにとっても、ここが新《あたら》しい居場所《いばしょ》になったら嬉《うれ》しい」

愛《あい》の笑顔《えがお》を見《み》て、そう決心《けっしん》した。


「二階《かい》に部屋《へや》が余《あま》っているから、好《す》きにつかっていいからねぇ」

「**マジ!?**」

おばあちゃんの言葉《ことば》に、ミケが目《め》を輝《かがや》かせた。

お言葉《ことば》に甘《あま》えて、みんなで二階《かい》に移動《いどう》する。

「面倒見《めんどうみ》てもらえる上《うえ》に、部屋《へや》まで貸《か》してもらえるとか、最高《さいこう》!」

浮《う》かれているミケに視線《しせん》を移《うつ》す。

「お世話《せわ》になる分《ぶん》、ちゃんと働《はたら》くんだよ」

「わ、わかってるし」

「……愛《あい》とばあちゃんがいいやつでよかった」

ぶっきらぼうなロウが、ぼそっとつぶやいた。

「お人好《ひとよ》しすぎて、心配《しんぱい》だけど……」

ツキの言葉《ことば》に、うなずいたミケとロウ。全員《ぜんいん》、考《かんが》えてることは同《おな》じだった。

「つーか、俺《おれ》たちはあの子《こ》をさがすから、ここに住《す》まわせてもらえるのは願《ねが》ったり叶《かな》ったりだけど……レオはよかったのか?」

首《くび》をかしげたミケに、あのことを思《おも》い出《だ》した。

ミケとツキとロウは、**とある人間《にんげん》をさがしてる**らしい。

5年前《ねんまえ》の夏休《なつやす》みに、この森《もり》で会《あ》って助《たす》けられたらしくて……まあいわゆる、**初恋《はつこい》**だったらしい。

俺《おれ》が3人《にん》と連《つる》むようになったのは2年前《ねんまえ》だから、俺《おれ》はその女《おんな》の子《こ》のことは知《し》らないけど、

3人《にん》から散々話《さんざんはなし》は聞《き》かされていた。

今回《こんかい》この森《もり》に来《き》たのも……その子《こ》をさがしたいという3人《にん》に、俺《おれ》も同行《どうこう》したのがきっかけだった。

ちょうど俺《おれ》も3人《にん》と同《おな》じく家出《いえで》してきたところだったし、特《とく》にすることも行《い》くあてもなかったから。

もう……**あの家《いえ》には戻《もど》りたくない**。

『**お前《まえ》は跡取《あとと》りとしての自覚《じかく》を持《も》て**』

俺《おれ》のことを、道具《どうぐ》としか思《おも》ってないあいつらの言《い》うことを聞《き》くのは嫌《いや》だから。

一文《いちもん》なしで出《で》てきたから、野宿《のじゅく》してた時《とき》に天候《てんこう》が悪《わる》くなって、そのまま土砂崩《どしゃくず》れに巻《ま》き込《こ》まれたり散々《さんざん》なことが重《かさ》なって、もうダメかもしれないと思《おも》ったけど……。

『**もう大丈夫《だいじょうぶ》だよっ……**』

まさか……〝愛《あい》〟に拾《ひろ》われるなんて。

「俺《おれ》もここにいる。**愛《あい》といるチャンス**だし……」

「……は？　まさかお前《まえ》、**惚《ほ》れたのか!?**　最近気《さいきんき》になってたやつはどうしたんだよ！」

「……**だから**だよ」

一瞬何《いっしゅんなに》を言《い》ってるんだと言《い》いたげな顔《かお》をしたミケだったけど、すぐに意味《いみ》がわかったらしい。

「もしかして……レオがいつも言《い》ってる、裏庭《うらにわ》でブサ猫可愛《ねこかわい》がってる女《おんな》の子《こ》って……**愛《あい》のことか!?**」

うなずくと、ミケだけじゃなくてツキとロウも目《め》を見開《みひら》いていた。

「そんな、偶然《ぐうぜん》、ある？」

「……お前《まえ》、ついてるな」

ほんとにラッキーだと思《おも》う。

これは神《かみ》が俺《おれ》に与《あた》えたチャンスなのかもしれないと、自分《じぶん》らしくないことを思《おも》った。

「ふーん、へ～……レオってああいう女子《じょし》が好《この》みだったのか」

「ちょっと、意外《いがい》」

ミケとツキが、俺《おれ》のことをまじまじと見《み》てくる。

ロウはこういう時《とき》にひやかしたりしないけど、珍《めずら》しく驚《おどろ》いてはいた。

「もっと派手《はで》なやつだと思《おも》ってたぜ！　愛《あい》ってめちゃくちゃでかいメガネかけてるし、顔《かお》も見《み》えねーしな」

「……どういう意味《いみ》？」

聞《き》き捨《ず》てならなくて、ミケを睨《にら》みつける。

「愛《あい》のこと侮辱《ぶじょく》したら、ミケでも許《ゆる》さないぞ」

「ち、ちげーよ……！　つーか、あいつはいいやつだろうし、俺《おれ》たちにとっても恩人《おんじん》だからな……！」

「うん、愛《あい》、いいやつ。俺《おれ》も、応援《おうえん》する」

「……ああ」

みんなが祝福《しゅくふく》してくれているのはわかったから、これ以上《いじょう》は何《なに》も言《い》わないでおいた。

「どうするんだ？　**告《こく》るのか？**」

ニヤニヤしているミケを見《み》て、ため息《いき》を吐《つ》く。

まだ出会《であ》ったばかりなのに、告白《こくはく》するなんて急《きゅう》すぎるだろ。

それに……俺《おれ》が一方的《いっぽうてき》に知《し》っていただけで、愛《あい》は俺《おれ》のことを知《し》らなかったんだ。

愛《あい》にとって、俺《おれ》は今日《きょう》初《はじ》めて会《あ》った男《おとこ》だから……。

「まだ伝《つた》えない。**少《すこ》しずつ好《す》きになってもらえるように、がんばるから**」

今《いま》は……もっと愛《あい》のことを知《し》りたいし、俺《おれ》のことも知《し》ってもらいたい。

これから愛《あい》のそばにいられるんだと思《おも》うと、嬉《うれ》しくて口元《くちもと》が緩《ゆる》むのを抑《おさ》えられなかった。

# 10 私《わたし》の太陽《たいよう》

「みんな似合《にあ》ってるねぇ」

カフェの制服《せいふく》……というより、エプロンをつけたみんなを見《み》て、おばあちゃんが微笑《ほほえ》んだ。

なんだか、一気《いっき》にカフェが華《はな》やかになった気《き》がする……あはは……。

今日《きょう》の朝《あさ》。いつものようにおばあちゃんとお店《みせ》の準備《じゅんび》をしていると……。

『俺《おれ》たちにも手伝《てつだ》わせてください』

レオくんを筆頭《ひっとう》に、みんながカフェに入《はい》ってきた。

『お客《きゃく》さんもそんなに来《こ》ないから、大丈夫《だいじょうぶ》だよぉ。せっかくの夏休《なつやす》みなんだから、みんな遊《あそ》んでおいで』

『いや、俺《おれ》たちも手伝《てつだ》う。お世話《せわ》になってるんだし、そのくらいさせて』

『なんでも、する』

『……力仕事《ちからしごと》なら任《まか》せてくれ』

ミケくんもツキくんもロウくんも、みんな率先《そっせん》して手伝《てつだ》うと言《い》ってくれて、今《いま》に至《いた》る。

「この店《みせ》、1日何人《にちなんにん》くらいくるんだ？」

ミケくんが、あくびをしながらそう聞《き》いてきた。

開店《かいてん》から30分《ぷん》が経《た》って、まだお客《きゃく》さんはひとりも来《き》ていない。

「多《おお》くて10人《にん》くらいかな？」

「え、10人《にん》……」

予想以上《よそういじょう》に少《すく》なかったのか、ミケくんは顔《かお》をしかめた。

た、確《たし》かに少《すく》ないよね……。

おばあちゃんはあんまり売《う》り上《あ》げにはこだわっていないみたいだし、趣味《しゅみ》でしているカフェだから、常連《じょうれん》さんの憩《いこ》いの場《ば》みたいになってる。

「ミケ、失礼《しつれい》だろ。売《う》り上《あ》げ重視《じゅうし》じゃないんだよ」

「だからって、10人《にん》の売《う》り上《あ》げで店《みせ》やっていけんの？」

レオくんに注意《ちゅうい》されたミケくんが、心配《しんぱい》そうに私《わたし》たちを見《み》た。

私《わたし》も売《う》り上《あ》げについてはあんまり詳《くわ》しくないけど……おばあちゃんが何《なに》か言《い》っていたことはないから、今《いま》のところは大丈夫《だいじょうぶ》なんだと思《おも》う。

それに、この前《まえ》みたいに大量《たいりょう》の注文《ちゅうもん》があった時《とき》は絶対《ぜったい》に引《ひ》き受《う》けるようにしているし、たまにお客《きゃく》さんがたくさんきてくれる時《とき》もあった。

「ほっほっ、そうだねぇ、**お店《みせ》に人《ひと》がいっぱい**になったら嬉《うれ》しいんだけどねぇ」

おばあちゃんは微笑《ほほえ》みながら、冗談《じょうだん》まじりにそう言《い》った。

お店《みせ》に人《ひと》がいっぱい……。

おばあちゃんがそんなことを言《い》っているのは、初《はじ》めて聞《き》いた……。

「じゃあ**人《ひと》でいっぱいにしようよ**」

え……？　ミケくん……？

「ばあちゃん、この店HP《みせホームページ》とかないの？」

「そういうのは詳《くわ》しくなくて、作《つく》ってないんだよぉ。たまに業者《ぎょうしゃ》の人《ひと》が来《き》たりするんだけど……」

「業者《ぎょうしゃ》は怪《あや》しいところも多《おお》いから、ひとまず、カフェなびに登録《とうろく》したら？　俺《おれ》がやってやるよ！」

どこから持《も》ってきたのか、ノートパソコンを取《と》り出《だ》してかたかたとキーボードを打《う》ちはじめたミケくん。

「……なあ、これ大丈夫《だいじょうぶ》なのか？」

ロウくんが、近《ちか》くにあるテーブルに手《て》を置《お》いておばあちゃんを見《み》た。

大丈夫《だいじょうぶ》？　あ……そのテーブル、確《たし》かぐらついていたはず……。

「このテーブル、傷《いた》んでるんだよ……」

下《した》に紙《かみ》をしいて応急処置《おうきゅうしょち》をしたけど、そろそろ寿命《じゅみょう》なのかもしれない。

「……工具《こうぐ》とかあるか？　**修理《しゅうり》する**」

ロウくんは重《おも》たいテーブルを軽々《かるがる》と持《も》ち上《あ》げて、外《そと》に出《だ》した。

な、直《なお》せるのっ……？

「愛《あい》、工具《こうぐ》なんてあったかねぇ？」

「うん、確《たし》か倉庫《そうこ》にあったはずだよ……！　とってくるね……！」

とってきた工具《こうぐ》を渡《わた》すと、ロウくんはあっというまに机《つくえ》を直《なお》してくれた。

「す、すごいっ」

押《お》しても揺《ゆ》れないし、こんなすぐに直《なお》しちゃうなんてっ……！

「ありがとうロウくん……！」

「……このくらい大《たい》したことねぇよ。他《ほか》にも壊《こわ》れてるやつあるか？」

ロウくんは店内《てんない》にある壊《こわ》れたり傷《いた》んだりしている設備《せつび》を、黙々《もくもく》と直《なお》しはじめた。

「おばあちゃん、支払《しはら》い、現金《げんきん》だけ？」

「電子《でんし》？　とか、カードとかあんまりわからなくてね……そのせいでたまに、お客《きゃく》さんが帰《かえ》っちゃうんだよ……」

「難《むずか》しく、ない、教《おし》える。申請《しんせい》する？」

「いいのかい？」

「うん、まかせて。……売上表《うりあげひょう》も、ぐちゃぐちゃ」

「管理《かんり》が難《むずか》しくてね……小《ちい》さい字《じ》は見《み》づらくて……」

「貸《か》して」

テキパキとレジ周《まわ》りのことをしてくれるツキくんを、私《わたし》はただただ感心《かんしん》しながら見《み》つめていた。

「**お金《かね》の管理《かんり》は、俺《おれ》がする**」

「ツキは生徒会《せいとかい》でも会計《かいけい》やってるし、簿記《ぼき》の資格《しかく》も持《も》ってるから、安心《あんしん》して任《まか》せていーぜ！」

み、みんな、どうしてそんなにいろいろできるのっ……？

すごすぎる……。

というか、ツキくんは生徒会《せいとかい》に入《はい》ってるんだ……。

「おい、やってんのかこの店《みせ》」

急《きゅう》に乱暴《らんぼう》に扉《とびら》が開《ひら》いて、不良《ふりょう》っぽい人《ひと》たちが3人《にん》入《はい》ってきた。

威圧的《いあってき》な見《み》た目《め》に、思《おも》わず萎縮《いしゅく》してしまう。

「あ、あの……」

「なんだよ、やってんのかどうかきいてんだろ」

こ、怖《こわ》い……。

「はい、営業中《えいぎょうちゅう》です。3名《めい》さまですか?」

動《うご》けなくなった私《わたし》の前《まえ》に、すっと入《はい》ってくれたレオくん。

「おう、3人《にん》……って、**獣人《じゅうじん》ッ**……」

レオくんの耳《みみ》に気《き》づいて、威圧的《いあってき》だったその人《ひと》たちの態度《たいど》が一変《いっぺん》した。

「こちらへどうぞ」

レオくんのおかげで助《たす》かった……後《あと》でちゃんとお礼《れい》言《い》わなきゃ……。

「こ、コーヒー3つ」

「ご一緒《いっしょ》にフードメニューはいかがですか？」

「え、べつに食《た》べ物《もの》は……」

**「おすすめです。**どうですか？」

にっこりと、有無《うむ》を言《い》わさぬ笑《え》みをうかべたレオくん。

レオくんの笑顔《えがお》に気圧《けお》されたのか、不良《ふりょう》さんたちはメニュー表《ひょう》に視線《しせん》を走《はし》らせた。

「あ……じゃ、じゃあ、カレーを……」

「俺《おれ》もカレー……」

「サンドイッチで……」

「かしこまりました」

またにっこりと笑《え》みをうかべて、キッチンに戻《もど》ってきたレオくん。

「オーダー入《はい》ったよ」

「あ、ありがとうレオくんっ……」

注文《ちゅうもん》もだけど、さっきのことも……萎縮《いしゅく》して何《なに》も言《い》えなくなった自分《じぶん》が情《なさ》けない……。

「ううん、怖《こわ》かったね。ああいう人《ひと》は**俺《おれ》に任《まか》せて**」

レオくん……。

「ありがとうっ……！　すぐに料理用意《りょうりようい》するね……！」

私《わたし》は私《わたし》にできることを精一杯《せいいっぱい》しよう……！

それにしても、朝《あさ》から常連《じょうれん》さんじゃないお客《きゃく》さんが3人《にん》もきてくれて、フードメニューも頼《たの》んでくれるなんて、ありがたいなっ……。

みんなのおかげで、なんだかカフェがもっと賑《にぎ》やかになりそうな予感《よかん》がする。

おばあちゃんもてきぱきと動《うご》いてくれてるみんなを見《み》て嬉《うれ》しそうにしていて、それを見《み》て私《わたし》も嬉《うれ》しくなった。

## 11 初《はつ》恋《こい》の女《おんな》の子《こ》

閉店作業《へいてんさぎょう》をして、みんなで家《いえ》に戻《もど》る。

晩御飯《ばんごはん》の用意《ようい》をして、みんなを呼《よ》んだ。

**「ご飯《はん》できたよ～！」**

二階《かい》から、バタバタと足音《あしおと》が聞《き》こえた。

「腹減《はらへ》った～！」

「……おい、押《お》すなバカ猫《ねこ》」

ミケくんとロウくんがすぐさま飛《と》んできて、後《うし》ろからレオくんとツキくんが現《あらわ》れた。

「なにこれ……！」

「すごい、いい匂《にお》い」

「……うまそうだな」

食卓《しょくたく》に並《なら》んだ料理《りょうり》を見《み》て、ぽかんと口《くち》をあけているミケくんとツキくんとロウくん。

普通《ふつう》の料理《りょうり》だけど……め、目《め》がきらきらしてるっ……。

「愛《あい》、おばあちゃんは？」

レオくんはおばあちゃんがいないことに気《き》づいたのか、周《まわ》りをキョロキョロ見《み》ていた。

「お隣《となり》さんに呼《よ》ばれて出《で》て行《い》ったの。たぶんお隣《となり》さんの家《いえ》で食《た》べてくると思《おも》うから、大丈夫《だいじょうぶ》だよ」

たまにお隣《となり》さんの家《いえ》でご近所《きんじょ》さんが集《あつ》まって、ご飯《はん》を食《た》べてくることがある。

今日《きょう》も呼《よ》ばれて、おばあちゃんはみんながいるからどうしようか悩《なや》んでいたけど、私《わたし》が気《き》にせず行《い》ってきてって伝《つた》えたんだ。

おばあちゃんも、ご近所《きんじょ》さんとの付《つ》き合《あ》いの時間《じかん》を楽《たの》しみにしているから。

「なあ、食《た》べていい……!?」

まるで待《ま》てをされているみたいに、じっと私《わたし》を見《み》ているミケくん。

その反応《はんのう》が可愛《かわい》くて、思《おも》わず笑《え》みがあふれた。

「うん、どうぞ！」

「いただきます……！」

手《て》を合《あ》わせて、おかずを口《くち》に運《はこ》んだミケくんをドキドキしながら見《み》た。

お口《くち》に合《あ》うかな……し、心配《しんぱい》……。

もぐもぐと食《た》べるミケくんの瞳《ひとみ》が、さっき以上《いじょう》に輝《かがや》いた。

**「うっっっまい‼」**

噛《か》み締《し》めているミケくんを見《み》て、ほっと一《ひと》安心《あんしん》する。

「すごい、おいしい」

ツキくんは、ダンダンと足《あし》ぶみした。

「ツキ、足鳴《あしな》ってるよ」

「ごめん、無意識《むいしき》。感情《かんじょう》が、たかぶると、鳴《な》らしてしまう」

レオくんに指摘《してき》されたツキくんは、恥《は》ずかしそうに耳《みみ》を垂《た》らした。

もしかして、うさぎの習性《しゅうせい》かな……？

「……マジでうまい。これ、全部《ぜんぶ》食《た》べていいのか？」

ロウくんもそう言《い》ってくれて、くすぐったい気持《きも》ちになった。

「う、うん……！　よかったらたくさん食《た》べてね……！」

自分《じぶん》が作《つく》ったものをおいしそうに食《た》べてもらえるって、やっぱり嬉《うれ》しいなっ……。

「愛《あい》、**これ何《なに》？**　めちゃくちゃうまい！」

からあげを指差《ゆびさ》したミケくんを見《み》て、首《くび》をかしげた。

「え？　からあげだよ……？」

好《す》きな人《ひと》が多《おお》いから作《つく》ったけど、まるでからあげを知《し》らないみたいな言《い》い方《かた》……。

「へー、からあげっていうのか」

「も、もしかして、初《はじ》めて食《た》べる……？」

「うん、**食《た》べたことない**」

ミケくんの返事《へんじ》に驚《おどろ》いていると、レオくんが私《わたし》を見《み》て口《くち》を開《ひら》いた。

「実《じつ》は、ミケとツキとロウは、生粋《きっすい》のお坊《ぼっ》ちゃんなんだ。だから、家庭料理《かていりょうり》に馴染《なじ》みがなくて……」

そ、そうだったんだっ……！

ドラマとかである、毎日《まいにち》コース料理《りょうり》を食《た》べるような生活《せいかつ》をおくってきたのかなっ……？

だとしたら、みんなにとっては質素《しっそ》な料理《りょうり》だったかもしれないっ……。

「あ、明日《あした》から、がんばっておしゃれな料理《りょうり》作《つく》ってみるね……！」

い、イタリアンとかフレンチとかかな……？

作《つく》ったことはないけど、がんばって挑戦《ちょうせん》してみよう……！

「いい！　明日《あした》もこれがいい！　つーか毎日《まいにち》この飯《めし》食《た》べれんのか!?」

「ご飯《はん》は愛《あい》が担当《たんとう》してるの？」

「うん、朝昼夜《あさひるよる》、私《わたし》が作《つく》ってるよ。料理《りょうり》は好《す》きだし、手伝《てつだ》えることはこのくらいしかないから」

おばあちゃんはもう70歳《さい》だし、ほんとはもっとゆっくり過《す》ごしてほしいんだ。だから、私《わたし》にできることはなんでも手伝《てつだ》いたいと思《おも》っているけど、おばあちゃんは働《はたら》き者《もの》だからできることが限《かぎ》られている。

「いやいや、カフェも手伝《てつだ》ってるじゃん！　愛《あい》って働《はたら》き者《もの》だな」

「そ、そんなことないよ……！」

そんなふうに言《い》ってくれるなんて、ミケくんっていい人《ひと》だな……。

「あ、そうだ……デザートもあるんだけど、よかったら食《た》べる……？」

「**デザート!?**」

耳《みみ》がぴんと立《た》って、さらに生《い》き生《い》きとした表情《ひょうじょう》になったミケくん。

ミケくんは甘《あま》いもの好《ず》きなのかな……？

「チョコレートムースのタルトなんだけど……」

「**食《た》べる!!**」

私《わたし》は急《いそ》いで冷蔵庫《れいぞうこ》からケーキを出《だ》してきて、テーブルに置《お》いた。

「俺《おれ》も、ひとくち、ほしい」

「ツキ、甘《あま》いの好《す》きだったっけ？」

「愛《あい》の作《つく》ったもの、おいしいから」

嬉《うれ》しい言葉《ことば》をもらって、ケーキを取《と》り分《わ》ける。

「愛《あい》、俺《おれ》ももらってもいい？」

「うん、レオくんの分《ぶん》も分《わ》けるね」

「ロウはいらないだろ？　甘《あま》いもの嫌《きら》いだもんな！」

そうだったんだ……ロウくんは甘《あま》いのよりも、苦《にが》いのが好《す》きなのかな？

「……**食《く》う**」

え……き、嫌《きら》いなのに大丈夫《だいじょうぶ》かな……？

もしかして、気《き》をつかわせてしまったのかもっ……。

「む、無理《むり》しないでねっ……！」

「……いや、食《た》べる」

心配《しんぱい》になりながらも、みんなの分《ぶん》を取《と》り分《わ》けた。

そういえば……お店《みせ》の人以外《ひといがい》に、自分《じぶん》が作《つく》ったお菓子《かし》を食《た》べてもらうのは初《はじ》めてだ。

お、おいしくなかったらどうしよう……。

急《きゅう》に不安《ふあん》になってきて、ケーキを食《た》べているみんなをじっと見《み》た。

「**うっっっまい！**」

ほっ……よ、よかった……。

「何《なに》これ……！　しかも、このレースみたいな模様《もよう》……ホワイトチョコ？」

「うん。固《かた》める前《まえ》にホワイトチョコで描《か》いてみたの」

「お前《まえ》、プロか!?」

「う、ううん、全然《ぜんぜん》……！　趣味《しゅみ》で作《つく》ってるだけで……」

「これはもう趣味《しゅみ》の域《いき》を超《こ》えてるんじゃないかな。それに、ミケがここまでベタ褒《ぼ》めするのは珍《めずら》しいんだよ」

レオくんの言葉《ことば》に、驚《おどろ》いてミケくんをみた。

そうなの……？

てっきり、褒《ほ》め上手《じょうず》なんだと思《おも》ってた……。

「俺《おれ》の舌《した》は厳《きび》しいからな！　猫族《ねこぞく》の味覚《みかく》は敏感《びんかん》なんだ！」

「……うまい。人工的《じんこうてき》な甘《あま》さじゃないから、これならいくらでも食《く》えそうだ」

「甘《あま》いの、苦手《にがて》だけど、これは、おいしい」

「ほんとにおいしいよ。このケーキ、お店《みせ》で出《だ》した方《ほう》がいいと思《おも》う」

今《いま》まで、自分《じぶん》が作《つく》った料理《りょうり》に自信《じしん》が持《も》てなかった。

でも、こんなふうに言《い》ってもらえたら……少《すこ》しは上手《じょうず》になれたのかなって、自信《じしん》が持《も》てそうな気《き》がした。

「あ、ありがとう、みんな」

「なんでお前《まえ》がお礼《れい》言《い》うんだよ、**変《へん》なやつ**だな」

へ、変《へん》なやつっ……？

ちょっとだけショック……あはは。

「そんなふうに言《い》ってもらえて、嬉《うれ》しくて……そ、それに、みんなにはすごく感謝《かんしゃ》してるの……！　今日《きょう》はほんとにありがとうっ……」

改《あらた》めて、私《わたし》はみんなにお礼《れい》を言《い》った。

「みんながカフェを手伝《てつだ》ってくれて、おばあちゃんもとっても助《たす》かってたっ……」

いつも、お客《きゃく》さんが途絶《とだ》えた時《とき》は少《すこ》し寂《さび》しそうにしているけど、今日《きょう》はみんながいてくれたからおばあちゃんは一日中《いちにちじゅう》ずっと楽《たの》しそうに見《み》えた。

「おばあちゃん、昔《むかし》から賑《にぎ》やかなのが好《す》きな人《ひと》だったし……みんながきてくれて、すごく嬉《うれ》しそう。おばあちゃんが嬉《うれ》しそうで、私《わたし》も嬉《うれ》しい。みんなのおかげだよ！」

みんなには、感謝《かんしゃ》の気持《きも》ちでいっぱいだっ……。

「……世話《せわ》になってるのは俺《おれ》たちの方《ほう》だろ」

「え？」

「たぶん、**こちらこそありがとう**って言《い》いたいみたい。ロウはわかりにくいしぶっきらぼうだけど、いいやつだから」

ロウくんの言葉《ことば》を代弁《だいべん》するように、レオくんが微笑《ほほえ》んでくれた。

ちっと舌打《したう》ちして目《め》をそらしたロウくんに、思《おも》わず口元《くちもと》が緩《ゆる》む。

最初《さいしょ》は4匹《ひき》が人間《にんげん》の男《おとこ》の子《こ》になって、びっくりしたけど……みんないい人《ひと》だから、仲良《なかよ》くやっていけそう……。

でも……そういえばみんなここに住《す》むことについて、ご両親《りょうしん》にオッケーをもらえたって言《い》ってたけど……そもそもどうしてあんな場所《ばしょ》で倒《たお》れていたんだろう？

「あの、みんなはどうしてあそこにいたの？　力《ちから》が弱《よわ》って動物《どうぶつ》の姿《すがた》になってたって、言《い》ってたけど……」

私《わたし》はこの町《まち》が好《す》きだけど……森《もり》の中《なか》にあるこの町《まち》は、特《とく》に観光《かんこう》スポットもないし、同年《どうねん》代《だい》の子《こ》たちが遊《あそ》べるような場所《ばしょ》もない。

だから、どうしてみんながこの森《もり》にきたのかが不思議《ふしぎ》だった。

凄《すご》い勢《いきお》いで食《た》べていたミケくんが、フォークを置《お》いた。

「実《じつ》は……俺《おれ》とツキとロウは、**人《ひと》さがししてんだよ！**」

レオくん以外《いがい》の3人《にん》がってこと……？

「愛《あい》、同《おな》い年《どし》くらいの女《おんな》の子《こ》、このあたりで見《み》かけたことないか？」

同《おな》い年《どし》くらいの女《おんな》の子《こ》……？

「どんな子《こ》かな？　特徴《とくちょう》とかある？」

「め、**めっちゃくちゃかわいい子《こ》**」

照《て》れ臭《くさ》そうに、答《こた》えてくれたミケくん。

その反応《はんのう》を見《み》て、私《わたし》はすぐにわかった。

も、もしかして、好《す》きな女《おんな》の子《こ》かなっ……？

顔《かお》が真《ま》っ赤《か》だし……よくみると、ツキくんとロウくんも恥《は》ずかしそうにしてる。

こ、こういうの、あんまり聞《き》いちゃいけないよね……！

「昔《むかし》、夏休《なつやす》みにこの森《もり》で会《あ》ったんだ。ただ、ちゃんと話《はな》すこともできなくて……名前《なまえ》も知《し》らない」

なるほど……この森《もり》にきたのは、その好《す》きな女《おんな》の子《こ》をさがすためだったんだ……。

「数年前《すうねんまえ》に会《あ》ったんだけど……川《かわ》で溺《おぼ》れた俺《おれ》たちを助《たす》けてくれたんだ……。腕《うで》に怪我《けが》してたから、今《いま》も傷《きず》が残《のこ》ってるかもしれない」

川《かわ》で溺《おぼ》れた時《とき》、助《たす》けてもらった……？

一瞬《いっしゅん》、あの夏休《なつやす》みのことが脳裏《のうり》をよぎった。

5年前《ねんまえ》の夏休《なつやす》み。仲良《なかよ》くなった子猫《こねこ》と子《こ》うさぎと子犬《こいぬ》がいた。

その子《こ》たちが川《かわ》で溺《おぼ》れていて、それを助《たす》けた時《とき》に怪我《けが》をして……私《わたし》の腕《うで》には、今《いま》もその傷《きず》が残《のこ》っている。

まさか……。**みんなが、その3匹《びき》……？**

でも……。

「その女《おんな》の子《こ》って……すごくかわいいんだよね？」

私《わたし》の質問《しつもん》に、ミケくんが顔《かお》を赤《あか》くしながら何度《なんど》もうなずいた。

「お、おう……！　びっくりするくらい綺麗《きれい》な顔《かお》してんぞ……！」

うん……それじゃあ、私《わたし》じゃないな。

「まず、この辺《あた》りに同年代《どうねんだい》の子《こ》がいなくて……でも、何《なに》かわかったらすぐに伝《つた》えるね！」

昔出会《むかしであ》った女《おんな》の子《こ》を今《いま》もさがしているなんて、なんだかドラマの話《はなし》みたい。

早《はや》くミケくんとツキくんとロウくんが、その女《おんな》の子《こ》と会《あ》えるといいな……。

「私《わたし》もその子《こ》をさがすの、手伝《てつだ》わせてほしい」

私《わたし》の言葉《ことば》に、ミケくんは「いいのか!?」とまた目《め》を輝《かがや》かせた。

「うん！」

「あり、がとう、愛《あい》」

「……助《たす》かる」

「再会《さいかい》できるといいね」

みんなの想《おも》いが、報《むく》われますように……！

その後《あと》も私《わたし》たちは、お互《たが》いの話《はなし》をしながら晩御飯《ばんごはん》を食《た》べた。

大勢《おおぜい》で食《た》べるご飯《はん》は、いつもよりおいしく感《かん》じた。

# 12 私《わたし》に任《まか》せて

朝目《あさめ》が覚《さ》めて、ゆっくりと視界《しかい》が開《ひら》けていく。

隣《となり》に寝《ね》ていたおばあちゃんの姿《すがた》はなくて、ゆっくりと体《からだ》を起《お》こした。

おばあちゃんは……カフェにいるのかな。

カフェのある日《ひ》はいつも私《わたし》よりも先《さき》に起《お》きて、仕込《しこ》みをしているけど……今日《きょう》は定休日《ていきゅうび》だ。

不思議《ふしぎ》に思《おも》いながら、私《わたし》もカフェに移動《いどう》する。

あ、やっぱりいたっ……。

「おばあちゃん、おはよう！」

「……ああ、愛《あい》……おはよう」

……あれ？

おばあちゃんの声《こえ》……いつもと違《ちが》う……。

なんていうか……苦《くる》しそう……？

心配《しんぱい》になってかけよると、おばあちゃんは声《こえ》だけじゃなくて、表情《ひょうじょう》もいつもと違《ちが》った。

「どうしたの？　おばあちゃん……なんだか顔色《かおいろ》が悪《わる》いよ？」

「そうかい？　ほっほっ、きっと気《き》のせいだよ……」

気《き》のせい……？

「ううん、ほんとに……」

様子《ようす》が、おかしいよ……。

――フラッ。

……え？

目《め》の前《まえ》のおばあちゃんが、ゆっくりと後《うし》ろに倒《たお》れていく。

それがスローモーションのように見《み》えて、一瞬《いっしゅん》何《なに》が起《お》きたかわからなかった。

「……っ、おばあちゃん……！」

ハッとして、すぐにおばあちゃんを抱《だ》きとめた。

なんとか倒《たお》れこまずに済《す》んでほっとしたけど、おばあちゃんは目《め》をつぶったまま動《うご》かない。

「おばあちゃん……？」

「……………」

「お、おばあちゃん……**おばあちゃん！**」

どう、しよう……っ。

最悪《さいあく》の未来《みらい》が浮《う》かんで、涙《なみだ》があふれて手《て》の震《ふる》えが止《と》まらなくなった。

「**愛《あい》……！**」

レオ、くん……。

私《わたし》の声《こえ》が聞《き》こえたのか、家《いえ》につながっているドアから現《あらわ》れたレオくん。

「おばあちゃんが……」

意識《いしき》を失《うしな》ったおばあちゃんを見《み》てレオくんは一瞬《いっしゅん》目《め》を見開《みひら》いたけど、すぐに冷静《れいせい》な表情《ひょうじょう》に変《か》わった。

「大丈夫《だいじょうぶ》だよ、落《お》ち着《つ》いて。今《いま》救急車《きゅうきゅうしゃ》を呼《よ》ぶから」

そうだ……救急車《きゅうきゅうしゃ》……。

冷静《れいせい》な判断《はんだん》ができなくなっていたことに気《き》づいて、おばあちゃんを見《み》つめた。

どうしよう……おばあちゃんが……。

おばあちゃんがいなくなったら……私《わたし》……。

私《わたし》にとっての……太陽《たいよう》、なのに……っ。


「脳出血《のうしゅっけつ》だね……」

私《わたし》とレオくんも救急車《きゅうきゅうしゃ》に一緒《いっしょ》に乗《の》せてもらって、病院《びょういん》についた。

看護師《かんごし》さんに呼《よ》ばれて診察室《しんさつしつ》に入《はい》って、こわばった顔《かお》のお医者《いしゃ》さんに伝《つた》えられたおばあちゃんの状態《じょうたい》。

「あと少《すこ》し病院《びょういん》に来《く》るのが遅《おそ》ければ、**取《と》り返《かえ》しのつかないこと**になっていたかもしれない」

そんな……。

もしあの時《とき》、レオくんが救急車《きゅうきゅうしゃ》を呼《よ》んでくれなかったら……。

救急車《きゅうきゅうしゃ》を呼《よ》ぶ判断《はんだん》もできなくて、おばあちゃんがいなくなっていたかもしれない……。

想像《そうぞう》するだけで怖《こわ》くて、ごくりと息《いき》をのんだ。

「おばあちゃんは……無事《ぶじ》、ですか……？」

「うん。今《いま》はよく眠《ねむ》っているよ。こっちにおいで」

お医者《いしゃ》さんの後《あと》をついていくと、おばあちゃんがいる病室《びょうしつ》についた。

そこには、ベッドで横《よこ》になって眠《ねむ》っているおばあちゃんの姿《すがた》が。

よかった……おばあちゃんが、無事《ぶじ》で……。

「ありがとうございます……**ありがとうございます**」

本当《ほんとう》によかった……。

「大丈夫《だいじょうぶ》だよ。おばあちゃんはきっと元気《げんき》になるから」

「はい……」

「だけど、すぐに家《いえ》に帰《かえ》るのは難《むずか》しいんだ。元気《げんき》になるまでは入院《にゅういん》してもらわないといけない」

入院《にゅういん》……？

「家《いえ》には帰《かえ》れないのかい……？」

えっ……？

おばあちゃんの声《こえ》が聞《き》こえて振《ふ》り向《む》くと、いつの間《ま》に起《お》きていたのか、おばあちゃんがこっちを見《み》ていた。

「おばあちゃんっ……」

急《いそ》いでかけよると、おばあちゃんは私《わたし》を見《み》て申《もう》し訳《わけ》なさそうな顔《かお》をした。

「愛《あい》、心配《しんぱい》かけてごめんねぇ……」

そんな……おばあちゃんが謝《あやま》る必要《ひつよう》なんてないのに……。

「最低《さいてい》でも一ヶ月《かげつ》は、病院《びょういん》で安静《あんせい》にしてもらいます。脳出血《のうしゅっけつ》の原因《げんいん》は、**疲労**《ひろう》だと思《おも》います」

疲労《ひろう》……？

そっか……おばあちゃん、倒《たお》れるくらい疲《つか》れていたんだ……。

私《わたし》、何《なに》も気《き》づかなかった……。

世界《せかい》で一番大好《いちばんだいす》きなおばあちゃんが大変《たいへん》な思《おも》いをしていたのに、気《き》づかないなんて……私《わたし》は孫失格《まごしっかく》だ……。

「ごめんね、おばあちゃん……全然気《ぜんぜんき》づかなくて……」

「愛《あい》のせいじゃないよ。おばあちゃんこそ、もう歳《とし》で愛《あい》に迷惑《めいわく》かけてばっかりで、ごめんねぇ……」

違《ちが》う、おばあちゃんは、悪《わる》くないよ……。

考《かんが》えてみれば……今《いま》まではおじいちゃんとふたりでお店《みせ》をしていたけど、私《わたし》が手伝《てつだ》っているとはいえ今《いま》はひとりでお店《みせ》のことを背負《せお》っているおばあちゃん。

いつもにこにこしているけど、その笑顔《えがお》の裏《うら》には、たくさんの苦労《くろう》があったはずだ。

少《すこ》しでもおばあちゃんの負担《ふたん》を減《へ》らせたらって思《おも》ってお手伝《てつだ》いをしていたけど……私《わたし》が思《おも》っていた以上《いじょう》に大変《たいへん》だったに違《ちが》いない。

「カフェも、入院中《にゅういんちゅう》は閉《し》めないとねぇ……常連《じょうれん》さんには申《もう》し訳《わけ》ないけど……」

悲《かな》しそうなおばあちゃんを見《み》て、ぎゅっと拳《こぶし》を握《にぎ》りしめた。

「わ、**私《わたし》に任《まか》せて！**」

「え？」

「大丈夫《だいじょうぶ》……！　おばあちゃんが戻《もど》ってくるまで、私《わたし》がお店《みせ》を守《まも》るから……！」

カフェ「タカラ」は、おばあちゃんにとっても、おじいちゃんにとっても、大切《たいせつ》なお店《みせ》だ。

おばあちゃんは常連《じょうれん》の人《ひと》をとても大切《たいせつ》に思《おも》っているし、あのカフェが誰《だれ》かの居場所《いばしょ》になることを願《ねが》ってた。

お店《みせ》がお休《やす》みになったら、そんなおばあちゃんの想《おも》いがとだえちゃう。

「でも……」

「私《わたし》、料理《りょうり》はできるよ！　コーヒーも……何度《なんど》か教《おし》えてもらったから、上手《じょうず》にいれられるようにがんばる……！」

おばあちゃんを心配《しんぱい》させたくなくて、満面《まんめん》の笑《え》みをうかべた。

「だから、おばあちゃんは何《なに》も考《かんが》えずに、安心《あんしん》してゆっくり休《やす》んで！」

「愛《あい》の言《い》う通《とお》りだよ。おばあちゃん、ゆっくり休《やす》んでね」

一緒《いっしょ》にいてくれたレオくんも、おばあちゃんを安心《あんしん》させるようにそう言《い》ってくれた。

「愛《あい》のことは、**俺《おれ》が守《まも》るから**」

「ほっほっ、頼《たの》もしいねぇ」

おばあちゃんの笑顔《えがお》を見《み》ると、少《すこ》しだけほっとする。

レオくんには、どれだけ感謝《かんしゃ》してもしたりない。

大丈夫《だいじょうぶ》だよ、おばあちゃん。

レオくんに比《くら》べたら、頼《たよ》りないかもしれないけど……あのカフェは、**私《わたし》がきっと、守《まも》るからっ……**。

# 13 おばあちゃんの苦《く》悩《のう》

病院《びょういん》から戻《もど》ってきて、家《いえ》で待《ま》ってくれていたミケくんとツキくんとロウくんにも事情《じじょう》を説明《せつめい》した。

「そっか……」

ミケくんが、そっと視線《しせん》を落《お》とした。

「愛《あい》……**ごめん**」

「え？」

レオくん……どうして謝《あやま》るんだろう……？

他《ほか》のみんなも、なぜか申《もう》し訳《わけ》なさそうにこっちを見《み》た。

「俺《おれ》たちがきたから、おばあちゃんに**ストレスを与《あた》えてしまったんだと思《おも》う……」

……え？

「急《きゅう》に見知《みし》らぬ男《おとこ》4人《にん》がきたら……そりゃ戸惑《とまど》うよな……」

「俺《おれ》たちの、せい。ごめん」

「せっかく助《たす》けてもらったのに、お前《まえ》にもばあちゃんにも、悪《わる》いことした」

口々《くちぐち》に謝《あやま》っているみんなを見《み》て、私《わたし》は慌《あわ》てて首《くび》を横《よこ》に振《ふ》った。

「ち、違《ちが》うよ……！　みんなのせいじゃないよ！」

絶対《ぜったい》に、それだけはあり得《え》ない……！

「おばあちゃん、みんながきてくれて楽《たの》しそうにしてたの……！　みんなが手伝《てつだ》ってくれてることも、すっごく嬉《うれ》しそうにしてて……だから**絶対《ぜったい》にみんなのせいじゃない……！**」

カフェの手伝《てつだ》いもしてくれて、おばあちゃん、孫《まご》が5人《にん》になったみたいって、喜《よろこ》んでたんだ……。

だから……悪《わる》いのは、みんなじゃない。

悪《わる》いのは……**私《わたし》、なんだ。**

「私《わたし》が……おばあちゃんの体調《たいちょう》が悪《わる》くなってることに、気《き》づかなかったから……」

ずっと一緒《いっしょ》にいたのに、少《すこ》しも異変《いへん》に気《き》づけなかった。

おばあちゃんが大好《だいす》きで、ずっとおばあちゃんを見《み》ていたはずなのに……私《わたし》は何《なに》をやってたんだろう。

自分《じぶん》が情《なさ》けなくて、悔《くや》しくて、ただただおばあちゃんに申《もう》し訳《わけ》なかった。

「**愛《あい》のせいじゃないよ**」

レオくんが、そっと私《わたし》の顔《かお》をのぞき込《こ》んだ。

「愛《あい》が俺《おれ》たちのせいじゃないって言《い》ってくれるのと同《おな》じように、愛《あい》は何《なに》も悪《わる》くないから」

優《やさ》しい笑顔《えがお》を前《まえ》に、涙《なみだ》が出《で》そうになるのをぐっとこらえる。

泣《な》いたら、ますますみんなに気《き》を遣《つか》わせてしまう。

「……お前《まえ》、優《やさ》しすぎるぞ。こんな時《とき》くらい、誰《だれ》かを責《せ》めてもいいんだ」

頭《あたま》をくしゃくしゃかきながら、そんなことを言《い》うロウくん。

私《わたし》は、優《やさ》しくなんかない……優《やさ》しいのは、みんなの方《ほう》だ……。

「せ、責《せ》めるなんて……それに、レオくんがすぐに電話《でんわ》してくれたから、おばあちゃんは助《たす》かったんだよ。きっと私《わたし》ひとりだったら、今頃《いまごろ》……」

想像《そうぞう》しただけで、怖《こわ》くて足《あし》がすくみそう。

「ほんとにありがとう……」

「お礼《れい》なんていらないよ。それに、瀕死《ひんし》の俺《おれ》たちを先《さき》に助《たす》けてくれたのは愛《あい》なんだから」

レオくん……。

「そうだぞ、ばあちゃんもだけど、お前《まえ》は**俺《おれ》らにとって恩人《おんじん》なんだ！**」

「恩返《おんがえ》しもできてねぇから、ばあちゃんには早《はや》く元気《げんき》になってもらわねぇと」

「うん、それまでは、俺《おれ》たちで……ん？」

ツキくんが、目《め》の前《まえ》に置《お》いてあるファイルを見《み》て眉間《みけん》にしわを寄《よ》せた。

どうしたんだろう……？

「**これ、何《なに》？**」

ファイルの中《なか》から飛《と》び出《だ》していた一枚《まい》の紙《かみ》をとって、テーブルに置《お》いたツキくん。

みんなぞろぞろと紙《かみ》を見《み》るために真《ま》ん中《なか》に集《あつ》まった。

なんだろう、これは……。

**【売《う》り上《あ》げノルマは1ヶ月《かげつ》30万円《まんえん》。それを下回《したまわ》ったら、このカフェを取《と》り壊《こわ》す】**

紙《かみ》に書《か》かれている字《じ》を見《み》て、私《わたし》は驚《おどろ》いて目《め》を見開《みひら》いた。

なに、これ……。

「**ノルマ……？**」

「1ヶ月《かげつ》30万《まん》って……1日《にち》10人《にん》しか来《き》てないなら、無理《むり》だろ」

レオくんとロウくんが、紙《かみ》を見《み》て顔《かお》をしかめた。

こんな紙《かみ》、いったい誰《だれ》が……。

もしかして……おばあちゃんは毎月《まいつき》このノルマを達成《たっせい》するために、がんばってたの……？

お店《みせ》を守《まも》るために……ひとりで……？

――**ゴン、ゴン、ゴン！**

乱暴《らんぼう》なノックの音《おと》が、店内《てんない》に響《ひび》いた。

「おい、誰《だれ》かいないのか！」

この声《こえ》は……。

「ちょ、**町長《ちょうちょう》……**」

間違《まちが》いない。町長《ちょうちょう》の声《こえ》だ。

私《わたし》たちの家《いえ》がある町《まち》の代表《だいひょう》である町長《ちょうちょう》。この人《ひと》は……少《すこ》しやっかいな人《ひと》だった。

定期的《ていきてき》にお店《みせ》に現《あらわ》れては、文句《もんく》を言《い》っていて、おばあちゃんも町長《ちょうちょう》が来《き》た後《あと》は疲《つか》れた顔《かお》をしていた。

それに、この人《ひと》は……コンくんのおじいちゃんでもある。

コンくんが私《わたし》に突《つ》っかかってくるのは、もしかしたらおじいちゃんも原因《げんいん》かもしれない。

「乱暴《らんぼう》なやつだな……**しめるか？**」

ロ、ロウくん、しめるって、どういう意味《いみ》っ……？
というか、町長《ちょうちょう》は今日《きょう》は何《なに》をしにきたんだろう……。

「み、みんな、ちょっと隠《かく》れててくれないかな……？」

町長《ちょうちょう》とのことにみんなを巻《ま》き込《こ》みたくなくて、そう伝《つた》えた。

「でも……やっかいそうな人《ひと》だけど。俺《おれ》が対応《たいおう》しようか？」

「う、ううん、知《し》ってる人《ひと》だから大丈夫《だいじょうぶ》……！」

「……わかった」

みんなが隠《かく》れたのを確認《かくにん》して、私《わたし》はゆっくりと扉《とびら》をあけた。

「こ、こんにちは……」

「なんだ、いるじゃないか。わしを待《ま》たせるんじゃない！」

ずかずかと店内《てんない》に入《はい》って、ぐるりと周《まわ》りを見渡《みわた》した町長《ちょうちょう》。

私《わたし》も何度《なんど》か会《あ》ったことはあるけど……目《め》がきりっとしていて、すごく怖《こわ》そうな顔《かお》をしている。

この人《ひと》は、おばあちゃんとおじいちゃんとは**幼《おさな》なじみ**だったそう。

昔《むかし》は仲良《なかよ》くしていたみたいだけど……ある時《とき》から仲《なか》が悪《わる》くなって、それからおじいちゃんとおばあちゃんのことを目《め》の敵《かたき》にしているって聞《き》いた。

「ふっ、入院《にゅういん》したっていうのは本当《ほんとう》みたいだな」

おばあちゃんが入院《にゅういん》したこと、いったい誰《だれ》から聞《き》いたんだろう……。

「いい加減《かげん》、カフェをやっていくのも限界《げんかい》があるだろう。店仕舞《みせじま》いをしたらどうだ」

私《わたし》を見《み》て、にやっと嫌《いや》な笑《え》みを浮《う》かべた町長《ちょうちょう》。

その笑顔《えがお》を見《み》て、私《わたし》はハッとした。

まさか……。

「あの……これは、町長《ちょうちょう》が書《か》いたんですか……？」

さっき見《み》つけた紙《かみ》を、町長《ちょうちょう》に見《み》せた。

**【売《う》り上《あ》げノルマは1ヶ月《かげつ》30万円《まんえん》。それを下回《したまわ》ったら、このカフェを取《と》り壊《こわ》す】**

町長《ちょうちょう》はそれを見《み》て、ふっとまた笑《わら》った。

「ああ、それはわしがつきつけた」

そんな……。

おばあちゃん、町長《ちょうちょう》にこんなノルマを言《い》いつけられていたなんて……。

「この土地《とち》はわしが持《も》ってるんだ。お前《まえ》の祖父《そふ》が亡《な》くなった時《とき》に、この店《みせ》を取《と》り壊《こわ》そうとしたんだが、お前《まえ》の祖母《そぼ》が反抗《はんこう》したからな」

当《あ》たり前《まえ》だ……。

このカフェは、おじいちゃんとおばあちゃんの宝物《たからもの》なんだから……。

「あいつももう歳《とし》だし、ひとりでやっていくのは厳《きび》しいだろう。入院《にゅういん》はいい機会《きかい》だったな」

おばあちゃんの不幸《ふこう》を嘲笑《あざわら》うような言《い》い方《かた》をされて、ぐっと下唇《したくちびる》を噛《か》み締《し》めた。

ひどい……。

おばあちゃんは、この人《ひと》のせいで……。

……ううん、違《ちが》う……。

気《き》づかなかった、私《わたし》にも責任《せきにん》がある……。

全部《ぜんぶ》をこの人《ひと》のせいにするのはよくない……。

だけど……。

「……帰《かえ》ってください」

私《わたし》はこの人《ひと》を、許《ゆる》せない……。

「なんだと？」

「このカフェは……**私《わたし》が守《まも》ります！**」

おばあちゃんが、倒《たお》れるくらい必死《ひっし》になって守《まも》っていたこのお店《みせ》。

おばあちゃんにとって大事《だいじ》なものは……私《わたし》にとっても大事《だいじ》なものだ。

「お前《まえ》みたいな小娘《こむすめ》に、そんなことができるわけないだろう」

**「できます！」**

町長《ちょうちょう》は、私《わたし》の勢《いきお》いに驚《おどろ》いたように目《め》を丸《まる》くしたあと、また意地悪《いじわる》な笑顔《えがお》になった。

「わかった、なら交換条件《こうかんじょうけん》だ」

交換条件《こうかんじょうけん》……？

「今月《こんげつ》の売《う》り上《あ》げが**50万円《まんえん》を達成《たっせい》**したら、このカフェを取《と》り壊《こわ》す話《はなし》は一旦《いったん》なしにしてやる」

50万《まん》って……今《いま》までの倍近《ばいちか》くだ……。

「ど、どうして急《きゅう》に50万《まん》に……」

「取《と》り壊《こわ》しの話《はなし》をなしにするなら、そのくらいは当然《とうぜん》だろ」

ただでさえぎりぎりだったと思《おも》うのに、そんなノルマ、クリアできるのかな……？

だけど、クリアできたら話《はなし》をなしにしてくれるって……。

「ただし……」

私《わたし》を見《み》て、さっき以上《いじょう》に悪《わる》い顔《かお》で笑《わら》った町長《ちょうちょう》。

「達成《たっせい》できなければ、**このカフェは取《と》り壊《こわ》す**」

「……っ」

**「できるのか？　できないのか？」**

「そ、それは……」

どうしよう……。

こんな大事《だいじ》なこと……私《わたし》がひとりで決《き》めていいのかな……？

「お前《まえ》みたいな小娘《こむすめ》にはわからないだろうがな、経営《けいえい》っていうのは、そんなに甘《あま》いものじゃないんだぞ」

「…………」

返事《へんじ》ができずに、黙《だま》り込《こ》んでしまった。

「――**わかった**」

え……？

キッチンの方《ほう》に隠《かく》れていたレオくんが現《あらわ》れて、町長《ちょうちょう》をじっと見《み》ていた。

「なっ……なんだお前《まえ》は……獣人《じゅうじん》?」

「そのノルマをクリアしたらいいんだな?」

いつも温厚《おんこう》なレオくんが怒《おこ》っていることに、驚《おどろ》いてしまう。

「ぶ、部外者《ぶがいしゃ》は黙《だま》ってろ……!」

「部外者《ぶがいしゃ》じゃない。**俺《おれ》にとって愛《あい》とおばあちゃんは恩人《おんじん》だ**」

レオくん……。

「そのノルマをクリアしたら、金輪際愛《こんりんざいあい》とおばあちゃんに関《かか》わるな、**わかったか?**」

「だ、誰《だれ》に向《む》かって口《くち》をきいて……」

いつも威張《いば》っている町長《ちょうちょう》が、レオくんを見《み》て怯《ひる》んでいるのがわかった。

こんな町長《ちょうちょう》、初《はじ》めて見《み》た……。

「この威圧感《いあつかん》……お前《まえ》、**獅子《ライオン》……?**　いや、たてがみがないからそんなわけは……」

え……?

ぶつぶつ言《い》っている町長《ちょうちょう》を見《み》ながら、レオくんは苛立《いらだ》ったように口《くち》を開《ひら》いた。

「早《はや》く答《こた》えろよ」

「の、ノルマをクリアしたら、関《かか》わらないでやる。まあ、無理《むり》に決《き》まってるがな!」

「わかった、**交渉成立《こうしょうせいりつ》だ。**とっとと出《で》ていけ」

「はっ……泣《な》きついてきてもしらないからな……！」

町長《ちょうちょう》は捨《す》て台詞《ぜりふ》のようにそう言《い》って、お店《みせ》を出《で》ていった。

町長《ちょうちょう》がいなくなったことに、ほっと胸《むね》を撫《な》でおろす。

「……ごめん、勝手《かって》なこと言《い》った」

レオくんは私《わたし》を見《み》て、申《もう》し訳《わけ》なさそうに眉《まゆ》の端《はし》を下《さ》げていた。

「う、ううん、ありがとう。私《わたし》の方《ほう》こそ、何《なに》も言《い》えなくてごめんなさい」

本来《ほんらい》、私《わたし》が対応《たいおう》しないといけなかったのに……全部《ぜんぶ》レオくんに言《い》わせてしまった。

おばあちゃんの代《か》わりにこの店《みせ》を守《まも》るって決《き》めたのに……何《なに》も言《い》い返《かえ》せなかったことが悔《くや》しい……。

「愛《あい》は謝《あやま》らないで。怖《こわ》かったよね」

そっと私《わたし》の頭《あたま》を撫《な》でてくれたレオくんは、いつもの優《やさ》しい笑顔《えがお》になっていた。

「大丈夫《だいじょうぶ》だよ。俺《おれ》がなんとかする。**絶対《ぜったい》にこの店《みせ》は守《まも》るから**」

レオくんの言葉《ことば》がすごく頼《たの》もしくて、感謝《かんしゃ》の気持《きも》ちでいっぱいになる。

だけど……甘《あま》えちゃダメだ。

「私《わたし》も……さっきは返事《へんじ》ができなかったけど、お店《みせ》のためにがんばる……！」

おばあちゃんのために、がんばりたい……。

「あの町長《ちょうちょう》、すっげーむかつくな……!!」

「俺《おれ》も、文句《もんく》、言《い》いたかった」

「……レオ、よく言《い》ったな」

ミケくんとツキくんとロウくんも、町長《ちょうちょう》への怒《いか》りをにじませながら戻《もど》ってきた。

みんな、おばあちゃんのために怒《おこ》ってくれてるのかな……？

おばあちゃんのことを大事《だいじ》に思《おも》ってくれる人《ひと》が増《ふ》えて、嬉《うれ》しいな……。

「みんな……ありがとう」

「感謝《かんしゃ》するのは早《はや》いだろ！　あんなノルマ、とっととクリアしてやるぞ！」

「うん、クリア、する」

「……あいつがばあちゃんを苦《くる》しめてたんだとしたら、絶対《ぜったい》に許《ゆる》さねぇよ」

私《わたし》も……町長《ちょうちょう》のことは、許《ゆる》せない。

ノルマをクリアして……おばあちゃんが、安心《あんしん》して戻《もど》ってこられるようにするんだ
……！

# 14 作戦会議《さくせんかいぎ》！

「ばあちゃん、1日《にち》10人《にん》くらいしか来《こ》ないって言《い》ってたよな……」

ミケくんがつぶやいて、困《こま》ったように頭《あたま》を抱《かか》えた。

その隣《となり》で、何《なに》やらぶつぶつと唱《とな》えはじめたツキくん。

「1日《にち》、最低《さいてい》でも、3万円《まんえん》……ひとり、平均《へいきん》1000円《えん》、客席《きゃくせき》が、30席《せき》……」

つ、ツキくん、ぶつぶつ唱《とな》えてるっ……計算《けいさん》してくれてるのかな……？

「……とにかく、圧倒的《あっとうてき》に客《きゃく》が足《た》りねぇ。集客《しゅうきゃく》するしかねぇな」

ロウくんの言葉《ことば》に、レオくんがうなずいた。

「まず、ノルマをクリアするには人《ひと》を呼《よ》ばないと」

そうだよね……お客《きゃく》さんがいないことには、何《なに》も始《はじ》まらない……。

「今《いま》までの倍《ばい》のノルマってことは、常連客《じょうれんきゃく》だけじゃ足《た》りねーよな？」

「うん……それに、常連《じょうれん》のお客《きゃく》さんはおばあちゃんのコーヒーを目当《めあ》てできてくれてたから、おばあちゃんがいない間《あいだ》は来《き》てくれないと思《おも》う」

おばあちゃんのコーヒーは、コーヒー好《ず》きの人《ひと》には絶品《ぜっぴん》らしくて、みんなコーヒーのためだけに足《あし》を運《はこ》んでくれていた。

私《わたし》もいれたことがあるけど、全然《ぜんぜん》違《ちが》う味《あじ》だと言《い》われたことがあるし、一朝一夕《いっちょういっせき》でいれられるものじゃない。

「なら、いっそ**新《あたら》しいメニューを作《つく》る**のはどう？」

レオくんの提案《ていあん》に、ハッとした。

「め、メニューを……？」

その発想《はっそう》はなかった……。

確《たし》かに、ノルマをクリアするには今《いま》まで通《どお》りじゃダメだと思《おも》うし、お客《きゃく》さんを集《あつ》めるには、何《なに》か特別《とくべつ》なものが必要《ひつよう》だ。

「カフェといえば、最近《さいきん》スイーツのセットとか主流《しゅりゅう》だと思《おも》うし……見《み》た目《め》もかわいいものを考案《こうあん》したら、お客《きゃく》さんも来《き》てくれるんじゃないかな？」

そうだよね……かわいいスイーツがあったら、気《き》になってきてくれる人《ひと》もいるかもしれない。

「SNS《エスエヌエス》使《つか》って宣伝《せんでん》すればいいもんな！　宣伝《せんでん》は俺《おれ》ができるから、インパクトがあるメニュー作《つく》ろうぜ！」

インパクトのあるメニュー……。

「愛《あい》、あんなうまいスイーツ作《つく》れるんだから、**絶対《ぜったい》いけるって！**」

お菓子作《かしづく》りは好《す》きだけど……でも、私《わたし》のスイーツは趣味《しゅみ》の範囲《はんい》だ。

私《わたし》の考《かんが》えたスイーツをメニューに入《い》れるなんて……。

できないという言葉《ことば》が浮《う》かんだのと同時《どうじ》に、おばあちゃんの顔《かお》が脳裏《のうり》をよぎった。

**『愛《あい》のスイーツは、みんなを幸《しあわ》せにするからねぇ』**

おばあちゃん……。

きっと、自信《じしん》がなくてずっと逃《に》げてたんだ。

だけど……こんな時《とき》まで、逃《に》げたくない。

私《わたし》は……。

「うん……が、**がんばるっ……**」

おばあちゃんとこのお店《みせ》を守《まも》るって決《き》めたんだから、これ以上言《いじょうい》い訳《わけ》はしたくなかった。

「俺《おれ》たちも、できることがあればなんでも言《い》ってね」

レオくんがそう言《い》って微笑《ほほえ》んでくれて、私《わたし》も笑顔《えがお》を返《かえ》した。

「それじゃあ、スイーツの新《しん》メニューを出《だ》して、SNS《エスエヌエス》で宣伝《せんでん》しよう。それ以外《いがい》にも、できることはなんでもやろう」

レオくんの言葉《ことば》に、みんながうなずいた。

「**特大《とくだい》パフェとかどうだ！**　アイスもケーキも全部乗《ぜんぶの》っけたやつ！」

目《め》をきらきらさせながら、提案《ていあん》してくれたミケくん。

ミケくんはパフェも好《す》きなのかな？

「……予算《よさん》の問題《もんだい》もあるから。現実的《げんじつてき》な案《あん》を考《かんが》えろ、バカ猫《ねこ》」

「**はあ⁉**」

ハッと鼻《はな》で笑《わら》ったロウくんに、ミケくんが怒《おこ》ったのか眉《まゆ》をつりあげている。

も、もしかしてと思《おも》ってたけど……ロウくんとミケくんは仲《なか》が悪《わる》いのかな……？

「ごめんね愛《あい》。俺以外《おれいがい》の3人《にん》は幼《おさな》なじみなんだけど、ロウとミケは性格《せいかく》の相性《あいしょう》が悪《わる》くて……いつもこんな感《かん》じなんだ」

レオくん以外《いがい》……ミケくんとロウくんとツキくんは、幼《おさな》なじみなんだっ……。

「……ふたりとも、話《はな》し合《あ》うんじゃ、ないのか」

ふたりを止《と》めに入《はい》ってくれたツキくんは、みんなのお兄《にい》さん的存在《てきそんざい》なのかもしれない。

「……ごめん」

「ちっ……今《いま》はやめだ」

ミケくんとロウくん、ふたりとも耳《みみ》が垂《た》れ下《さ》がってる……し、失礼《しつれい》かもしれないけど、ちょっとかわいい。

そういえばふたりは、動物《どうぶつ》の姿《すがた》の時《とき》から感《かん》情表現《じょうひょうげん》が豊《ゆた》かですぐ顔《かお》にでていた。

本当《ほんとう》に、みんなはきーちゃんとにゃーちゃんと、ぴょんちゃんとわんちゃんなんだな……。

「えっと……よ、予算《よさん》のことも考《かんが》えて、できるだけお店《みせ》にある材料《ざいりょう》で作《つく》れるフードとドリンクを考《かんが》えてみるね……！」

せっかくみんながお店《みせ》のために意見《いけん》を出《だ》してくれたんだ……！

私《わたし》は私《わたし》にできることを、がんばらなきゃ……！

「うん、**愛《あい》なら絶対《ぜったい》にできる**」

レオくんの笑顔《えがお》に、さらにやる気《き》がわいてきた。

# 15 いいやつ認定《にんてい》

「愛《あい》……あれ、寝《ね》てる？」

レオの声《こえ》に、俺《おれ》も愛《あい》の方《ほう》を見《み》た。

メガネで目《め》は見《み》えないけど……これは寝《ね》てそうだな。

テーブルにうつ伏《ぶ》せになりながら、すやすやと眠《ねむ》っている愛《あい》。

「疲《つか》れたのかな」

愛《あい》を見《み》て、レオがふっと微笑《ほほえ》んだ。

幸《しあわ》せそうな笑顔《えがお》……。

まさか、レオがこんな顔《かお》するなんて……。

レオとは、２年前《ねんまえ》に出会《であ》って、それから４人《にん》でつるむようになった。

俺《おれ》たちがレオと仲良《なかよ》くなったのは、**レオが俺《おれ》たちと似《に》ていたからだ。**

他人《たにん》を信用《しんよう》しなくて、女子《じょし》が苦手《にがて》で……**跡継《あとつ》ぎ**っていう肩書《かたが》きに振《ふ》り回《まわ》されてる。

レオは俺《おれ》たちの中《なか》でも特《とく》に、周《まわ》りの人間《にんげん》さえ完全《かんぜん》には信用《しんよう》せずに、いつも冷《さ》めた顔《かお》をしていた。

誰《だれ》にも心《こころ》を開《ひら》かない、まさに孤高《ここう》の王《おう》って感《かん》じ。

そんなレオに気《き》になる子《こ》ができたって聞《き》いた時《とき》はびびったし、レオを落《お》とすなんてどんなやつだって思《おも》ってたけど……。

愛《あい》なら、ちょっと納得《なっとく》。

見《み》ず知《し》らずの汚《よご》れた動物《どうぶつ》を連《つ》れて帰《かえ》るくらいのお人好《ひとよ》しだし、何《なに》より愛《あい》のまとってる雰《ふん》囲気《いき》は一緒《いっしょ》にいる人間《にんげん》を安心《あんしん》させてくれる。

優《やさ》しいし、俺《おれ》たちを見《み》る目《め》も他《ほか》の女子《じょし》と違《ちが》って見返《みかえ》りを求《もと》めてないっていうか……ありのままを受《う》け入《い》れてもらえてるような気分《きぶん》になる。

俺《おれ》は5年前《ねんまえ》に出会《であ》った……か、勝手《かって》に将来《しょうらい》を誓《ちか》った相手《あいて》がいるから好《す》きになったりしないけど、**愛《あい》がいいやつ**ってことはわかる。

くそ……好《す》きな相手《あいて》と一緒《いっしょ》にいられるレオが、うらやましい。

見《み》たことないくらい緩《ゆる》み切《き》った顔《かお》で愛《あい》を見《み》ているレオ。

けど、その顔《かお》にみるみる怒《いか》りをにじませていった。

「あの町長《ちょうちょう》……許《ゆる》せない」

どうやら、あのじじいのことを思《おも》い出《だ》してたらしい。

ほんとだぜ……あいつ、ぜってーゆるさねー……。

ばあちゃんと愛《あい》を苦《くる》しめていた元凶《げんきょう》がわかって、俺《おれ》たちは怒《いか》りを抑《おさ》えられなかった。

愛《あい》とばあちゃんが死《し》ぬほどお人好《ひとよ》しだからって、それを逆手《さかて》にとって……ノルマとか課《か》して……愛《あい》も、すごいショック受《う》けてたし……。

ばあちゃん、もう歳《とし》なのに……この店《みせ》と愛《あい》を守《まも》るために、がんばってきたんだろうな……。

「ふたりは俺《おれ》が守《まも》る」

覚悟《かくご》を決《き》めたような顔《かお》で愛《あい》を見《み》つめているレオ。

他人《たにん》に一切干渉《いっさいかんしょう》しないレオに、ここまで言《い》わせるなんて……やっぱ、愛《あい》ってすげー。

「俺《おれ》、じゃなくて、**俺《おれ》たち**」

ツキ……？

「いくらでも手《て》は貸《か》す。恩人《おんじん》だからな」

ロウも……珍《めずら》しい。

レオほどじゃないけど、ふたりも基本的《きほんてき》には自分《じぶん》から首《くび》をつっこんだりしない。

他人《たにん》がどうなってもどうでもいいってスタンスだけど……町長《ちょうちょう》に対《たい》して、怒《いか》りが抑《おさ》えられないみたいだった。

まあ、俺《おれ》も気持《きも》ちは一緒《いっしょ》だ。

ぜってー……**ばあちゃんと愛《あい》は守《まも》る。**

「最悪《さいあく》の場合《ばあい》も、家《いえ》に頼《たの》めばノルマなんてよゆ……**いてっ！**」

レオに叩《たた》かれて、頭《あたま》を押《お》さえた。

「家《いえ》を頼《たよ》るとか、そういうダサいことは考《かんが》えるな」

「ちげーよ！　愛《あい》とばあちゃんのためならそのくらいしてやるってことだ！」

叩《たた》くなよな……！　加減《かげん》してるのはわかるけど、こいつ力《ちから》つえーんだよ……！

「気持《きも》ちはわかったけど、俺《おれ》たちの力《ちから》で解決《かいけつ》しよう」

「ちっ……わかってるっつーの！」

1日《にち》の客数《きゃくすう》は10人前後《にんぜんご》。その店《みせ》で、1ケ月《かげつ》50万《まん》売《う》り上《あ》げる。

厳密《げんみつ》にはもう1ケ月《かげつ》切《き》ってるし……きっと俺《おれ》たちがしようとしてるのは、無謀《むぼう》なことなんだと思《おも》う。

でも、どうしてか負《ま》ける気《き》はしなかった。

俺《おれ》たち4人《にん》の力《ちから》と……愛《あい》の料理《りょうり》の腕《うで》があったら、大丈夫《だいじょうぶ》だろ！
全員《ぜんいん》で、あの町長《ちょうちょう》をぎゃふんと言《い》わせてやる……！

# 16 ひらめき

どうしよう……。

あれから2日が経《た》ったけど、私《わたし》はまだ新《しん》メニューに悩《なや》んでいた。

せっかくミケくんがSNS《エスエヌエス》で宣伝《せんでん》するって言《い》ってくれたんだから、何《なに》かSNS《エスエヌエス》映《ば》えするスイーツを作《つく》りたいけど……いい案《あん》が思《おも》い浮《う》かばなかった。

予算《よさん》のこともあるし、提供《ていきょう》するのに時間《じかん》がかかるものはよくないから、そこまで複雑《ふくざつ》なものは作《つく》れない……でも、インパクトがあるものを作《つく》りたいし……。

頭《あたま》を抱《かか》えながら、テーブルに顔《かお》を伏《ふ》せた。

ううん……難《むずか》しい……。

「愛《あい》、お疲《つか》れ様《さま》」

レオくんの声《こえ》と、コトっと何《なに》かを置《お》く音《おと》が聞《き》こえた。

なんだか、甘《あま》いいい匂《にお》いがする……。

顔《かお》をあげると、笑顔《えがお》のレオくんと視線《しせん》がぶつかった。

「ずっと考《かんが》えてるけど、大丈夫《だいじょうぶ》？　ちゃんと休《やす》みもとってね」

「これは……」

レオくんが置《お》いてくれたのか、テーブルにはマグカップがあった。

「甘《あま》いココア。愛《あい》、コーヒーとか**苦《にが》いの苦手《にがて》だと思《おも》って**」

ココア……！　私《わたし》が大好《だいす》きな飲《の》み物《もの》。

よく見《み》ると、ココアの上《うえ》にはクリームのようなもので、何《なに》か描《えが》かれている。

これは……**わんちゃんのマーク？**

「これって……ラテアート？」

聞《き》いたことはあるけど、初《はじ》めて見《み》たっ……。

ドリンクに浮《う》かんだかわいいわんちゃんを見《み》て、頬《ほお》がゆるむ。

「まあ、これはココアだから厳密《げんみつ》にはラテアートではないんだけど、それっぽく作《つく》ってみた」

レオくん、こんなこともできるなんて、すごい……！

どこかで練習《れんしゅう》したのかな……？

そういえば、レオくんはコーヒーについての知識《ちしき》もあるみたいだったけど……詳《くわ》しいのかな？

「とってもかわいい……！　飲《の》むのがもったいないよっ」

「愛《あい》が笑顔《えがお》になってくれてよかった」

私《わたし》、もしかしてずっと難《むずか》しい顔《かお》してたかな……？

心配《しんぱい》して、これを作《つく》ってくれたの……？

レオくんの優《やさ》しさが、胸《むね》にじーんと響《ひび》いた。

「ありがとう、レオくんっ……」

おばあちゃんのことがあって、悩《なや》んでいたけど……レオくんやみんながいてくれるおかげで、今《いま》も心《こころ》が折《お》れずにすんでいる。

「お礼《れい》を言《い》うのは俺《おれ》の方《ほう》だよ。**いつもありがとう**」

本当《ほんとう》に、ありがたいな……。

せっかくだから温《あたた》かいうちにいただこうと思《おも》って、カップを持《も》った。

このわんちゃん、ほんとにかわいい……ふふっ。

「……あ」

あることを思《おも》いついて、私《わたし》はレオくんを見《み》た。

「動物《どうぶつ》をモチーフにしたスイーツっていうのはどうかな……？」

この、ラテアートみたいに……。

「うん、いいと思《おも》う。獣人《じゅうじん》の俺《おれ》たちが接客《せっきゃく》するし、親和性《しんわせい》もあるもんね」

「ちょっと待《ま》ってね……！」

私《わたし》は近《ちか》くにあったペンで、頭《あたま》の中《なか》のイメージを紙《かみ》に書《か》き出《だ》した。

「こういう感《かん》じで、パンケーキとか、アイスとか、クッキーとか、作《つく》ってみようかな……！」

それをレオくんに見《み》せると、レオくんの顔《かお》がぱあっと明《あか》るくなった。

「かわいい……！　愛《あい》、絵上手《えじょうず》だね」

「え……あ、ありがとうっ……」

とっさに思《おも》い浮《う》かんだものだったけど……書《か》いてみてよかったたっ……。

「レオくんのおかげでひらめいたよっ……本当《ほんとう》にありがとう！」

「俺《おれ》は何《なに》もしてないよ。愛《あい》がたくさん悩《なや》んで考《かんが》えた成果《せいか》だよ」

いつだって優《やさ》しい言《い》い回《まわ》しをしてくれるレオくんは、本当《ほんとう》に素敵《すてき》な人《ひと》だと思《おも》う。

よし……せっかくだから、みんなをモチーフにしたスイーツを作《つく》ろう……！

ミケくんは猫《ねこ》で、ツキくんがうさぎで、ロウくんは狼《おおかみ》で……。

ふと、あることに気《き》づいた。

「そういえば……レオくんはなんの獣人《じゅうじん》なの？」

はっきり聞《き》いたことがなかったから……レオくんの種族《しゅぞく》を知《し》らない。

犬《いぬ》……？　にしては、耳《みみ》が小《ちい》さい気《き》が……。

「わんちゃん……ではないよね？」

「……いや、俺《おれ》は**犬《いぬ》の獣人《じゅうじん》だよ**」

一瞬《いっしゅん》気《き》まずそうな顔《かお》をした後《あと》、そう答《こた》えてくれたレオくん。

レオくん、犬《いぬ》の獣人《じゅうじん》だったんだっ……！

「そうなの？　耳《みみ》が丸《まる》いから……**ポメラニアンとか？**」

「う、うん、そんなところかな」

「それじゃあ、犬《いぬ》と猫《ねこ》とうさぎと狼《おおかみ》をモチーフにして、考《かんが》えてみるね！」

私《わたし》の言葉《ことば》に、レオくんは笑顔《えがお》でうなずいてくれた。

「そうだ。俺《おれ》もキッチンに入《はい》って、ドリンク作《つく》ろうか？」

「え？」

「ラテアートだったら、材料《ざいりょう》を変《か》えずに見《み》た目《め》をかわいくできるし……」

確《たし》かに……。

フードメニューのことばっかり考《かんが》えていたけど、せっかくならドリンクメニューも追加《ついか》した方《ほう》がいいよね。

「ほ、ほんとに？　お任《まか》せしてもいいかな？」

「もちろん」

笑顔《えがお》で引《ひ》き受《う》けてくれるレオくんが、まるで神様《かみさま》のように見《み》えた。

私《わたし》の神様《かみさま》はおばあちゃんだけど、レオくんもおばあちゃんと同《おな》じくらいいい人《ひと》に違《ちが》いない……。

「よかった、**俺《おれ》も愛《あい》の役《やく》に立《た》てて**」

「え……？」

ほっと安心《あんしん》しているレオくんに、首《くび》をかしげる。

「あ……ほら、ミケはSNS《エスエヌエス》ができるし、ロウは大工仕事《だいくしごと》が得意《とくい》だし、ツキは経理全般管理《けいりぜんぱんかんり》してくれてるでしょ？　それに比《くら》べて、俺《おれ》はちゃんとした役割《やくわり》がなかったから」

レオくん、そんなふうに思《おも》ってたの……？

「そんなことないよ……！　私《わたし》はいつも、レオくんに助《たす》けられてばっかりだよ……！」

レオくんの存在《そんざい》にどれだけ救《すく》われているかを伝《つた》えたくて、大《おお》きな声《こえ》で言《い》った。

それに、いつも率先《そっせん》して意見《いけん》を言《い》ってくれるし、メニューだって一緒《いっしょ》に考《かんが》えてくれた。

今《いま》もこうやって、私《わたし》にひらめきをくれたし、私《わたし》が後《うし》ろ向《む》きになっている時《とき》は、いつも背《せ》中《なか》を押《お》してくれる。

ミケくんやツキくんやロウくんのことを手伝《てつだ》っているのもよく見《み》るし、レオくんが休《やす》みなく動《うご》いてくれていることはちゃんとわかっていた。

「愛《あい》……ありがとう」

レオくんは嬉《うれ》しそうにふっと笑《わら》ってから、そっと私《わたし》の肩《かた》に手《て》をそえた。

え……？

何《なに》かを言《い》おうと口《くち》を開《ひら》いたレオくんをじっと見《み》つめる。

そんな真剣《しんけん》な顔《かお》をして、どうしたんだろう……？

「愛《あい》、**俺《おれ》……**」

――**ガチャッ。**

「買《か》い出《だ》し行《い》ってきたぞ……って、**な、何《なに》やってんだよ！**」

レオくんの言葉《ことば》をさえぎるように、お店《みせ》の扉《とびら》が開《ひら》いてミケくんが入《はい》ってきた。

ミケくんは私《わたし》とレオくんを交互《こうご》に見《み》ながら、焦《あせ》った表情《ひょうじょう》をしている。

「ふ、ふたりとも、もしかしてくっついたのか……？」

くっついた？

「違《ちが》うよ、余計《よけい》なこと言《い》わないで」

レオくんに睨《にら》まれて、耳《みみ》をピンと立《た》てたミケくん。

「な、なら俺《おれ》たちがくるかもしれない場所《ばしょ》でいちゃつくな……！」

いちゃつく……？

ミケくんの言《い》っている意味《いみ》がわからなくて、首《くび》をかしげた。

「買《か》い出《だ》しご苦労様《くろうさま》。愛《あい》、これ倉庫《そうこ》に持《も》っていくね」

ミケくんが買《か》ってきてくれた食材《しょくざい》のうち、保存《ほぞん》がきくものを持《も》って倉庫《そうこ》へ行《い》ったレオくん。

私《わたし》も、早《はや》くスイーツの案《あん》を考《かんが》えよう……！

## 17

# 期間限定営業《きかんげんていえいぎょう》？

「ホームページできたぞ！」

ミケくんがそう言《い》って、私《わたし》たちのほうにノートパソコンの画面《がめん》を見《み》せてくれた。

「わあ……！　すごい……！」

森《もり》をイメージしているのか、小《ちい》さいお花《はな》や木《き》の画像《がぞう》が並《なら》んでいて、犬《いぬ》と猫《ねこ》とうさぎと狼《おおかみ》もいた。

真《ま》ん中《なか》には外《そと》から見《み》たお店《みせ》の写真《しゃしん》があって、とってもかわいいデザインのHP《ホームページ》。

**【森《もり》の奥《おく》にあるカフェ「タカラ」。おいしいメニューと、スタッフが待《ま》ってます】**という文章《ぶんしょう》が添《そ》えられていた。

「こんな素敵《すてき》なHP《ホームページ》が作《つく》れるなんて、ミケくんは天才《てんさい》だね……！」

拍手《はくしゅ》してミケくんを見《み》ると、なぜか顔《かお》を真《ま》っ赤《か》にしてそっぽを向《む》いた。

「べ、べべべ、べつに、大《たい》したことじゃないけどな……！」

「褒《ほ》められたからって顔真《かおま》っ赤《か》にしてんじゃねーよ」

**「し、してない！**　適当《てきとう》なこと言《い》うなバカオオカミ！　ちっ……それと、SNS《エスエヌエス》の公式《こうしき》アカウントも作《つく》ったから！」

ミケくん、仕事《しごと》が早《はや》すぎるっ……。

「……俺《おれ》も、傷《いた》んでたテーブルと椅子《いす》、全部修復終《ぜんぶしゅうふくお》わった」

え……？　どうしようか困《こま》っていた椅子《いす》とテーブルも、全部直《ぜんぶなお》してくれている。

それに……なんだかピカピカ綺麗《きれい》になっていた。

「ロ、ロウくんも、すごい……！　ボロボロだった家具《かぐ》をこんなに綺麗《きれい》にできちゃうなんて……！」

「…………」

あれ……そっぽ向《む》いちゃったっ……。

気《き》に障《さわ》ったかな……？

**「お前《まえ》だって照《て》れてんじゃねーか！」**

「黙《だま》れバカ猫《ねこ》」

照《て》れてる……？

よく見《み》ると少《すこ》しだけ顔《かお》が赤《あか》くなっていて、ロウくんがかわいく見《み》えた。

「ふふっ、本当《ほんとう》にありがとう……！」

「……べつに」

みんなのおかげで着々《ちゃくちゃく》といろんなものが形《かたち》になってきて、わくわくしてきたっ……。

「それじゃあ……わ、私《わたし》も、新《しん》メニューが完成《かんせい》したから、持《も》ってくるね……！」

みんなに相談《そうだん》して、アイデアをもらって、悩《なや》みに悩《なや》んで作《つく》ったフードメニュー。

朝《あさ》から作《つく》っていたそれらを、テーブルの上《うえ》に並《なら》べていく。

「これは、みんなをモチーフにしたケーキ！　これはクッキーで、これはチョコレート！」

犬《いぬ》と猫《ねこ》とうさぎと狼《おおかみ》。形《かたち》やデコレーションで、表現《ひょうげん》してみた。

「動物《どうぶつ》をモチーフにしたスイーツ⁉　いいな！」

「すごい、かわいい」

「相変《あいか》わらずクオリティたっけーな……」

「レ、レオくんからひらめきをもらったの」

みんなにそう言《い》って、レオくんのほうを見《み》

た。

「俺《おれ》は何《なに》もしてないよ」

「ううん、本当《ほんとう》にレオくんのおかげだよ……！」

私《わたし》ひとりじゃ、思《おも》いつきもしなかったから。

「**甘《あま》すぎて胃《い》もたれ**しそうだ……」

え……？　み、ミケくん……？

このスイーツ、そんなに甘《あま》そうに見《み》える……？

「調整《ちょうせい》した方《ほう》がいいかなっ……？」

「そういう意味《いみ》じゃないから大丈夫《だいじょうぶ》……」

どういう意味《いみ》だったんだろう……？

「……なあ、これって**犬《いぬ》か？**」

いつも最低限《さいていげん》のことしか話《はな》さないロウくんからの質問《しつもん》に、少《すこ》し驚《おどろ》きながら「うん！」と返事《へんじ》をした。

「……なんで犬《いぬ》？」

「レオくんをイメージしたからだよ」

猫《ねこ》はミケくん、うさぎはツキくん、狼《おおかみ》はロウくん。犬《いぬ》はレオくんのイメージで、色《いろ》も一緒《いっしょ》にしている。

「レオ、お前《まえ》いつまで……」

「すごく似《に》てると思《おも》う。かわいく描《か》いてくれてありがとう」

何《なに》か言《い》いかけたロウくんの言葉《ことば》を遮《さえぎ》って、レオくんが微笑《ほほえ》んでくれた。

「……お前《まえ》……はぁ……」

ロウくんは、いったい何《なに》が気《き》になったんだろう……？

「ていうか、食《た》べていいか!?」

目《め》をきらきらさせながら聞《き》いてくるミケくんに、笑顔《えがお》でうなずいた。

飛《と》びつくように猫《ねこ》のクッキーをとって、ぱくっと口《くち》に入《い》れたミケくん。

その表情《ひょうじょう》が、みるみるうちに明《あか》るくなっていく。

「……**うっっっま!!**」

ほ、ほんとに……？

不安《ふあん》だったから、ミケくんの反応《はんのう》を見《み》てほっと胸《むね》を撫《な》でおろした。

「愛《あい》、これすっげーうまい!!　**今《いま》まで食《た》べたスイーツで一番《いちばん》うまい!!**」

一番《いちばん》……ふふっ、ミケくんはいつも優《やさ》しいな。

私《わたし》を元気《げんき》づけようとしておおげさに言《い》ってくれてるのがわかって、その気持《きも》ちに嬉《うれ》しくなった。

「ふふっ、ありがとう」

「お前《まえ》……お世辞《せじ》だと思《おも》ってるだろ！　ほんとにうまいから、お前《まえ》たちも食《た》べてみろ……！」

なぜか少《すこ》し怒《おこ》った顔《かお》をして、みんなにもスイーツをすすめたミケくん。

「俺《おれ》もいただきます」

「俺《おれ》も」

レオくんとツキくんが、それぞれクッキーを口《くち》にいれた。

「…………」

ロウくんも、一枚《まい》クッキーをとった。

「うわ……すごいおいしい……！」

「……おいしい。ミケの、言《い》う通《とお》り。一番《いちばん》、おいしい」

「……マジでうまいな、これ」

優《やさ》しいみんなのおかげで、自信《じしん》がつきそうだよ……。

「新《しん》メニューの考案《こうあん》は、これでクリアだね。お疲《つか》れさま、愛《あい》」

レオくんが、そっと私《わたし》の頭《あたま》を撫《な》でてくれた。

「お前《まえ》、ほんとに作《つく》るのうまいな！　なんでもっと早《はや》くメニュー化《か》しなかったんだよ」

「見《み》た目《め》も味《あじ》も、これなら絶対《ぜったい》いけるだろ」

「ロウが、ここまで言《い》うの、珍《めずら》しい。全部《ぜんぶ》、食《た》べていい？」

ミケくんもロウくんもツキくんも、みんな目《め》を輝《かがや》かせながらこっちを見《み》ていた。

「う、うん、どうぞ」

「ツキだけずるい！　俺《おれ》ももっと食《た》べる！」

「一回食《かいた》べたら、忘《わす》れられなくなる味《あじ》だね」

「ノルマクリアも余裕《よゆう》だな」

不安《ふあん》だったけど、作《つく》ってよかった……。

「みんな、ほんとにありがとう」

こんなに喜《よろこ》んでもらえて、なんだか涙《なみだ》が出《で》そう。

「なんのお礼《れい》？　俺《おれ》たちの方《ほう》こそ、ここまでのもの作《つく》ってくれて感謝《かんしゃ》だけど」

不思議《ふしぎ》そうに首《くび》をかしげたミケくんに、泣《な》きそうなのをごまかして笑《わら》った。

「あ、あんまり自信《じしん》がなかったから、そんなふうに言《い》ってもらえて、すごく嬉《うれ》しくて……」

「愛《あい》ってさ、何事《なにごと》においても自信《じしん》なさそうだよな」

うっ……。

図星《ずぼし》を突《つ》かれて、胸《むね》にぐさっときた。

ミケくんの言《い》う通《とお》り、私《わたし》は自分《じぶん》に自信《じしん》がない。

だからいつも消極的《しょうきょくてき》で、学校《がっこう》でも友達《ともだち》がいなくて……うじうじしてばっかりだ。

こんな性格《せいかく》をなおしたいと思《おも》いながらも、何《なに》も行動《こうどう》できていない、弱虫《よわむし》の自分《じぶん》。

「ち、違《ちが》うって！　別《べつ》に怒《おこ》ってるわけじゃなくて……い、言《い》い方《かた》が悪《わる》かった」

「う、ううん、気《き》にしないで……！」

本当《ほんとう》のことだから、ミケくんが謝《あやま》る必要《ひつよう》はひとつもない。

「俺《おれ》が言《い》いたいのは……**もっと自分《じぶん》に自信《じしん》持《も》っていいってことだ！**」

え……？

「や、優《やさ》しいし、努力家《どりょくか》だし、こんなうまいスイーツも作《つく》れるんだから……**しゃきっとし**

**ろよ！」**

ミケくんの顔《かお》が、みるみる赤《あか》くなっていく。

そんなふうに言《い》ってくれるなんて……やっぱり、ミケくんはすごく優《やさ》しいな……。

「あ、ありがとうっ……」

「お前《まえ》、ありがとうが口癖《くちぐせ》なのか？」

一心不乱《いっしんふらん》に食《た》べているロウくんが、そう言《い》ってふっと笑《わら》った。

そ、そうかな……？

感謝《かんしゃ》の気持《きも》ちは思《おも》った時《とき》に口《くち》にするようにしているけど、言《い》いすぎていたのかもしれない。

「愛《あい》は、そのままで、いいと思《おも》う」

ツキくんも……。

「みんなの言《い》う通《とお》りだよ」

レオくんが、私《わたし》を見《み》ていつもの優《やさ》しい微笑《ほほえ》みを浮《う》かべてくれた。

「愛《あい》はいつも、**誰《だれ》に対《たい》しても愛情《あいじょう》を持《も》って優《やさ》しく接《せっ》することができる**でしょう？　そんな人《ひと》は滅多《めった》にいないんだよ。だから、自分《じぶん》のこと、もっと誇《ほこ》っていい」

レオくんまで……。

みんな……ありがとう。

本当《ほんとう》は口《くち》に出《だ》して言《い》いたかったけど、言《い》いすぎても価値《かち》が薄《うす》れちゃうと思《おも》ったから、代《か》わりに満面《まんめん》の笑《え》みを返《かえ》した。

あ、そうだ……フードだけじゃなくて、あのこともみんなに伝《つた》えないと……！

「あのね、実《じつ》はスイーツメニューだけじゃなくて、**ドリンクの案**《あん》もあるの」

レオくんを見《み》ると、にこっと笑《わら》ってくれる。

「任《まか》せて」

レオくんは腕《うで》まくりしながら、キッチンに移動《いどう》した。

なれた手《て》つきでカップを持《も》って、次々《つぎつぎ》とドリンクを作《つく》ってくれるレオくん。

私《わたし》はそれをテーブルに移動《いどう》させて、みんなにひとつずつ説明《せつめい》する。

「猫《ねこ》のラテアートと……うさぎのラテアートと、狼《おおかみ》のラテアート……最後《さいご》に、犬《いぬ》の顔《かお》のラテアート！」

みんな驚《おどろ》いて、目《め》を丸《まる》くしている。

「レオ、ラテアートなんてできたんだ……」

「簡単《かんたん》なものだけだけど」

ミケくんの言葉《ことば》に、レオくんは謙遜《けんそん》するように笑《わら》った。

「こんなにかわいいラテアートができちゃうなんて、すごいよ……！」

「デザインは愛《あい》が考《かんが》えてくれたものだから。俺《おれ》は作《つく》ってるだけだよ」

「ていうかこれ、全部写真撮《ぜんぶしゃしんと》っていい!? 早速《さっそく》SNS《エスエヌエス》にアップする！ あと、メニュー表《ひょう》も作《つく》らないとな！」

ミケくんが仕事《しごと》モードの顔《かお》つきになって、お皿《さら》を並《なら》べ始《はじ》めた。

ぱしゃぱしゃと撮影《さつえい》しているミケくんの隣《となり》で、ツキくんが何《なに》か紙《かみ》に書《か》いている。

「……これなら、予算《よさん》も、平気《へいき》」

け、計算《けいさん》してくれてたのかな……？ ありがたいっ……。

「1日《にち》の、売《う》り上《あ》げ目標《もくひょう》も、そろそろ、出《だ》したい」

「つーか……このカフェって、土日《どにち》は定休日《ていきゅうび》なんだよな？」

ミケくんの質問《しつもん》に、こくりとうなずいた。

「うん、一応《いちおう》そうなってるよ」

カフェ「タカラ」は、平日《へいじつ》が営業日《えいぎょうび》で、土日祝日《どにちしゅくじつ》はお休《やす》み。

「呑気《のんき》に休《やす》んでる場合《ばあい》じゃないし、土日《どにち》も営業《えいぎょう》しようぜ！」

確《たし》かに……今《いま》はノルマのこともあるし、1日《にち》でも多《おお》く営業《えいぎょう》した方《ほう》がいいよね……。

「うん、土日《どにち》は、稼《かせ》ぎ時《どき》」

ツキくんも、ケーキを食《た》べながらうなずいている。

「でも……愛《あい》は体力的《たいりょくてき》に大丈夫《だいじょうぶ》？」

心配《しんぱい》そうに私《わたし》を見《み》ているレオくんに、笑顔《えがお》で「うん！」と言《い》った。

「私《わたし》は平気《へいき》……！　むしろ、みんながいいなら土日《どにち》も働《はたら》きたい……！」

「うん。できる限《かぎ》りサポートするからね」

ぽんっと、優《やさ》しく頭《あたま》を撫《な》でてくれたレオくん。

レオくんって、頭《あたま》を撫《な》でるのがくせなのかな……？

ちょっとだけ恥《は》ずかしいけど……レオくんに撫《な》でられると、なんだか安心《あんしん》する……。

「だから、俺《おれ》たちの前《まえ》ではやめろって言《い》ってるだろ！　気《き》まずいんだよ……！」

ミケくんに睨《にら》まれて、レオくんは手《て》を下《お》ろした。

「新《しん》メニューも加《くわ》えるし、いっそ期間限定営業《きかんげんていえいぎょう》みたいなプロモーションにしない？」

せき払《ばら》いをしながら提案《ていあん》してくれたレオくん。

「期間限定営業《きかんげんていえいぎょう》？」

「ほら、期間限定《きかんげんてい》ドリンクとかフードとかあるでしょ？　あんな感《かん》じで、**夏休《なつやす》み限定営業《げんていえいぎょう》**にして、希少価値《きしょうかち》を持《も》たせるんだ。今《いま》しか食《た》べられないってなったら、さらに人《ひと》が集《あつ》まりやすくなると思《おも》う」

なるほど……。

「それに、夏休《なつやす》みが終《お》わって、学校《がっこう》が始《はじ》まってからはフルで営業《えいぎょう》するのは難《むずか》しいし……」

夏休《なつやす》み期間中《きかんちゅう》だけ営業《えいぎょう》って言《い》えば、期間《きかん》さえ終《お》われば通常営業《つうじょうえいぎょう》に戻《もど》せるもんね……。

レオくん、天才《てんさい》だっ……！

「うん、賛成《さんせい》」

「俺《おれ》も問題《もんだい》ない」

「期間限定《きかんげんてい》〝**ケモカフェ**〟とか？」

「ケモカフェ？」

ミケくんが、照《て》れくさそうに頬《ほお》をかいた。

「獣人族《じゅうじんぞく》の俺《おれ》たちが接客《せっきゃく》するし、メニューのモチーフにもしてくれてるし……でも、獣人《じゅうじん》カフェは直接的《ちょくせつてき》すぎるから……」

なるほど、それでケモカフェ……！

「すごくいいと思《おも》う……！」

かわいいし、キャッチーだし……やっぱり、ミケくんは天才《てんさい》だ！

「それじゃあ、来週《らいしゅう》の月曜日《げつようび》から愛《あい》の学校《がっこう》が始《はじ》まるまでの2週間《しゅうかん》、期間限定《きかんげんてい》の〝ケモカフェ〟として営業《えいぎょう》することにしよう」

「うん……！」

ふふっ、ケモカフェ、楽《たの》しみだなぁ……。

「って、レオくん、どうして**私《わたし》の学校《がっこう》が始《はじ》まる日《ひ》**を知《し》ってるの？」

私《わたし》、言《い》ったっけ……？

「……大体夏休《だいたいなつやす》みが終《お》わるのは、どこの学校《がっこう》もその日《ひ》かなって」

今《いま》、一瞬焦《いっしゅんあせ》った顔《かお》をしたように見《み》えたのは、気《き》のせいかな……？

うん、きっとそうに違《ちが》いない。

「今月《こんげつ》ノルマをクリアすればいいんだ。とにかくこの2週間《しゅうかん》で、50万《まん》売《う》り上《あ》げることに全《ぜん》力《りょく》を尽《つ》くすぞ」

ロウくんの言葉《ことば》に、みんなが深《ふか》くうなずいた。

私《わたし》も、力強《ちからづよ》く首《くび》をたてに振《ふ》る。
そうと決《き》まれば……来週《らいしゅう》の月曜日《げつようび》まで、がんばって準備《じゅんび》するぞ……！

Menu
かわいい動物たちをモチーフにしたメニューです
イヌ
カフェラテ
ケーキ
クッキー
チョコレート
ネコ
カフェラテ
ケーキ
クッキー
チョコレート
オオカミ
カフェラテ
ケーキ
クッキー
チョコレート
ウサギ
カフェラテ
ケーキ
クッキー
チョコレート

# 18 問題《もんだい》発生《はっせい》？

ケモカフェ営業開始《えいぎょうかいし》まで、あと4日《か》。

朝《あさ》から、みんなでそれぞれ準備《じゅんび》をしていた時《とき》、レオくんが思《おも》い立《た》ったように口《くち》を開《ひら》いた。

「それぞれの役割《やくわり》も決《き》まってきたけど……そろそろ開店中《かいてんちゅう》のキッチンとホールの役割《やくわり》について も、ちゃんと決《き》めたほうがいいよね」

確《たし》かに、お店《みせ》での役割《やくわり》について、はっきりとは決《き》めてなかったな……。

もうオープンまで日《ひ》も迫《せま》っているし、ちゃんと決《き》めておいたほうがいいよね。

「フードメニューの担当《たんとう》が愛《あい》だから、愛《あい》はキッチンとして……**俺《おれ》たちが全員《ぜんいん》で接客《せっきゃく》に回《まわ》る？**」

意見《いけん》を求《もと》めたレオくんを見《み》て、ロウくんが難《むずか》しそうな顔《かお》をした。

「たしかにノルマのこと考《かんが》えたら、接客《せっきゃく》がひとりじゃ足《た》りねぇな。レオがドリンク担当《たんとう》なら完全《かんぜん》に接客《せっきゃく》メインにはできねぇし……消去法《しょうきょほう》でミケとツキとオレが接客《せっきゃく》か……」

「**げっ……！**」

「……せっ、きゃく……」

あれ……？

あからさまに顔《かお》をゆがめたミケくんとツキくん。

「……俺《おれ》たち3人《にん》に接客《せっきゃく》できんのか、疑問《ぎもん》だけどな」

ロウくんも、心《こころ》なしか顔色《かおいろ》が悪《わる》く見《み》えた。

「俺《おれ》は女子嫌《じょしぎら》いだし、ロウは口悪《くちわる》いし、ツキもあんまり喋《しゃべ》らないし……」

ミケくんの言葉《ことば》に、驚《おどろ》いて目《め》を見開《みひら》いた。

ツキくんもロウくんも話《はな》すのが苦手《にがて》だったんだ……というか、ミケくんが女子嫌《じょしぎら》い？

は、初《はじ》めて知《し》ったたっ……。

「……レオが、一番《いちばん》、接客向《せっきゃくむ》き」

「俺《おれ》はドリンク担当《たんとう》しつつ、手《て》が空《あ》いてる時《とき》は接客《せっきゃく》に回《まわ》るようにする」

頼《たの》もしいレオくんの発言《はつげん》に、ミケくんが首《くび》をかしげた。

「両方《りょうほう》なんてできるのか？」

「大丈夫《だいじょうぶ》、できるよ」

「お前《まえ》、いやみなくらい要領《ようりょう》いいもんなぁ～……」

いやみとは思《おも》わないけど、ミケくんの言《い》う通《とお》りレオくんは要領《ようりょう》がいいと思《おも》う。

この数日間一緒《すうじつかんいっしょ》に過《す》ごしていて、レオくんの苦手《にがて》なことをいまだに一つも知《し》らない。

「とりあえず、オープンまで接客《せっきゃく》の練習《れんしゅう》もしないとな」

「**ぐっ……**」

「れん、しゅう……」

「……」

「3人《にん》とも、あからさまに嫌《いや》そうな顔《かお》しない」

不満《ふまん》そうに、レオくんを睨《にら》みつけているミケくんとツキくんとロウくん。

「あ、あの、みんなに無理《むり》はしてほしくないから、本当《ほんとう》に嫌《いや》だったら接客《せっきゃく》は私《わたし》ががんばるからね……！」

誰《だれ》にだって得意《とくい》不得意《ふとくい》があると思《おも》うからっ……！

私《わたし》も接客《せっきゃく》は得意《とくい》なほうじゃないけど、やってみせる……！

「いや、ひとりでフードメニュー担当《たんとう》するのも大変《たいへん》なのに、さすがに接客《せっきゃく》まではさせられない」

レオくんが心配《しんぱい》そうにこっちを見《み》て、首《くび》を横《よこ》にふった。

「……大丈夫《だいじょうぶ》、がんばる」

「……俺《おれ》も、平気《へいき》」

「……できねぇわけじゃない。ちゃんとやる」

お店《みせ》のためにがんばってくれるみんなに、感謝《かんしゃ》の気持《きも》ちでいっぱいになった。

こんなに協力《きょうりょく》してもらってるんだから……私《わたし》はみんな以上《いじょう》にがんばらなきゃ……！

「というか……ミケくんは、女《おんな》の子《こ》が苦手《にがて》なんだね」

さっきさらっと言《い》ってたけど、初《はじ》めて知《し》ったから驚《おどろ》いたっ……。

「いや、俺《おれ》だけじゃないけど。**ここにいるやつ全員《ぜんいん》そうだし**」

「えっ……そ、そうなの？」

本当《ほんとう》のことだったのか、みんなは気《き》まずそうな顔《かお》をした。

衝撃《しょうげき》の事実《じじつ》に、びっくりして開《あ》いた口《くち》がふさがらない。

女子《じょし》が苦手《にがて》……な、何《なに》か理由《りゆう》があるのかな……？

というか、それで言《い》ったら、私《わたし》もダメってことになるんじゃ……。

「ていうか、なんなら一番女子《いちばんじょし》嫌《きら》いなのはレオだから」

れ、レオくんがっ……？

「こいつ、女子《じょし》とは関《かか》わらない、話《はな》さない、存在《そんざい》も無視《むし》だよ」

れ、レオくんがっ……!?

いつも穏《おだ》やかで、紳士《しんし》で、女《おんな》の子《こ》の扱《あつか》いに慣《な》れてそうなレオくん。

冗談《じょうだん》かと思《おも》ったけど、レオくんはばつが悪《わる》そうに顔《かお》をしかめていた。

「否定《ひてい》しないけど……愛《あい》は当《あ》たり前《まえ》に**例外《れいがい》だよ**」

そう言《い》ってくれるのは嬉《うれ》しいけど、ほんとなんだっ……。

「俺《おれ》たちも、愛《あい》は他《ほか》のやつとは違《ちが》うってわかってるし」

「嫌《いや》な、思《おも》い出《で》、あるだけ。愛《あい》は、平気《へいき》」

「み、みんな、無理《むり》はしないでねっ……」

心配《しんぱい》でおろおろしながらみんなを見《み》ていると、ロウくんと視線《しせん》がぶつかった。

「**……お前《まえ》は特別《とくべつ》だ**」

「え？」

今《いま》、特別《とくべつ》って言《い》ってくれたような……。

たぶん、私《わたし》は女子《じょし》に見《み》えないってことかな……！

ひとまず、大丈夫《だいじょうぶ》といってもらえてほっと安心《あんしん》した。

「じゃあ、早速今日《さっそくきょう》から接客《せっきゃく》の訓練《くんれん》しようか。みんな、愛想振《あいそふ》りまくんだよ」

**「愛想《あいそ》って……」**

「……努力《どりょく》、する」

「…………」

レオくんが真剣《しんけん》な表情《ひょうじょう》で、ビシッとみんなを指差《ゆびさ》した。

「お前《まえ》たちのその**無駄《むだ》にいい顔《かお》**を生《い》かすのは今《いま》しかない。とにかく笑《わら》ってればいいから」

確《たし》かにみんなかっこいいけど、無駄《むだ》にいい顔《かお》って言《い》い方《かた》……あはは……。

「お前《まえ》……アイドルか何《なに》かと勘違《かんちが》いしてないか？」

「嫌《いや》な、予感《よかん》」

「ただの接客《せっきゃく》だろ……」

呆《あき》れた顔《かお》でレオくんを見《み》ているミケくんとツキくんとロウくん。

「獣人《じゅうじん》スタッフが接客《せっきゃく》するっていうのも売《う》りのひとつにして、使《つか》えるものは全部使《ぜんぶつか》うよ」

なんだかレオくん、悪《わる》い顔《かお》になってるっ……あはは……。

苦笑《にがわら》いしてしまったけど、がんばってくれているみんなを見《み》て私《わたし》もさらにやる気《き》がわいた。

# 19
# お母《かあ》さんとお父《とう》さん

次《つぎ》の日《ひ》。

朝起《あさお》きて支度《したく》をしていると、ミケくんが駆《か》け寄《よ》ってきた。

満面《まんめん》の笑《え》みでスマホの画面《がめん》を見《み》せてくれる。

なんだろう……？　って、なにこれ……！

「愛《あい》、見《み》ろよ！」

「い、いいねがたくさん……！」

ミケくんが昨日《きのう》アップしてくれた投稿《とうこう》が、たくさん反応《はんのう》をもらっていた。

**【ケモカフェ!?　フードメニューかわいい！】**

**【森《もり》の中《なか》にあるっていうのも素敵《すてき》！】**

**【獣人《じゅうじん》のスタッフが接客《せっきゃく》!?　気《き》になる！】**

カフェの投稿《とうこう》がこんなに伸《の》びるなんて……！

「愛《あい》が考《かんが》えたメニュー、かわいいってコメントいっぱいきてるぞ！　**愛《あい》のおかげだな！**」

「ううん、ミケくんがこんなに綺麗《きれい》に撮《と》ってくれたおかげだよ……！」

私《わたし》は写真《しゃしん》を撮《と》る技術《ぎじゅつ》もないし、SNS《エスエヌエス》で投稿《とうこう》したりもできないし……全部《ぜんぶ》全部《ぜんぶ》、ミケくんのおかげ……！


「べ、べべべ、べつに俺《おれ》は……」

「これを見《み》た人《ひと》が、いっぱいきてくれるといいな……！　ありがとうミケくん……！」

嬉《うれ》しさ余《あま》って、ミケくんの手《て》を握《にぎ》りしめた。

「……っ」

あれ……？　なぜか、顔《かお》を真《ま》っ赤《か》にしたミケくん。

「おはよ……って、**え？**」

今起《いまお》きてきたのか、レオくんが焦《あせ》った顔《かお》をしてこっちに駆《か》け寄《よ》ってきた。

「……**離《はな》して**。まさかミケ……」

「ち、ちがっ……今《いま》のは俺《おれ》は悪《わる》くないっ……！」

真《ま》っ赤《か》な顔《かお》で繋《つな》がった手《て》を見《み》ているミケくんに、ハッと我《われ》にかえる。

「あ……ご、ごめんね、手《て》を握《にぎ》ったりして、嫌《いや》だったよね……！」

嬉《うれ》しすぎて、無意識《むいしき》だった……あはは。

慌《あわ》てて手《て》を離《はな》すと、ミケくんはぶんぶんと首《くび》を横《よこ》にふった。

「ち、違《ちが》う！　そういう意味《いみ》じゃ……ていうか、なんで俺《おれ》、こんな……」

「朝《あさ》からうるせぇな……」

「……ねむ、い」

あ、ロウくんとツキくんも起《お》きてきたみたいだ……！

「おはようふたりとも！」

「愛《あい》、今日《きょう》は、練習《れんしゅう》、しよう」

練習《れんしゅう》？　実際《じっさい》にお客《きゃく》さんが来《き》た時《とき》のためにってことかな？

「うん！　したい……！　あ、でもごめんね、午前中《ごぜんちゅう》は家《いえ》にいないから、午後《ごご》からでもいいかな？」

「え？　何《なに》か用事《ようじ》か？」

レオくんが不思議《ふしぎ》そうに首《くび》をかしげた。

「今日《きょう》はおばあちゃんのお見舞《みま》いの日《ひ》なんだ……！」

待《ま》ちに待《ま》っていた、お見舞《みま》い予約《よやく》の日《ひ》。

5日《か》ぶりにおばあちゃんに会《あ》えるから、昨日《きのう》から楽《たの》しみでしかたなかった。

「それって、俺《おれ》もついていっていい？」

「俺《おれ》も……！」

「ばあちゃんに、会《あ》える？」

「……俺《おれ》も行《い》く」

みんなの言葉《ことば》に、「え？」と首《くび》をかしげる。

みんなも来《き》てくれるの……？

「もちろん……！　きっと、おばあちゃんも喜《よろこ》ぶと思《おも》うっ……！」

みんなで家《いえ》を出《で》て、バスに乗《の》って病院《びょういん》に向《む》かう。

「俺《おれ》、バスに乗《の》るの初《はじ》めてだ……！」

# ベビーシッターズ・クラブ

サイコーの仲間との
青春お仕事ダイアリー

中学生4人で、ベビー・シッターのビジネスを開始！ シッター先でトラブル続出、メンバー同士でけんか!? おまけに、恋のなやみ、家族とのもやもや……いろんな問題が起きるけど、この4人ならきっとなんとかなる！

アン・M・マーティン／作
山本祐美子／訳
くろでこ／絵

ポプラ社

メアリー・アン
人見知りだけど、
なかよしの子の
前ではおしゃべり。
クラウディア
アートとおしゃれが大すき。
勉強はちょっぴり苦手。
クリスティ
思ったことをすぐ
口に出してしまう性格。
ステイシー
ニューヨークからの
おしゃれな転校生。
恋バナがすき。

「俺《おれ》も、乗《の》ったこと、ない」

「……こういう感《かん》じか」

ミケくんとツキくんとロウくん、バス初《はじ》めてなのっ……？

「レオくんは……？」

「俺《おれ》は……乗《の》ったことあるよ」

同《おな》じ人《ひと》がいて、ちょっとだけほっとした。

**「家《いえ》の車《くるま》と一緒《いっしょ》**くらいの広《ひろ》さだな」

家《いえ》の車《くるま》と一緒《いっしょ》って……ミ、ミケくんのお家《うち》、どれだけお金持《かねも》ちなんだろうっ……。

ミケくんだけじゃなくて、ツキくんとロウくんもそうなのかな……？

レオくんが、みんなはお坊《ぼっ》ちゃんって言《い》ってたもんね……あはは。

この辺《あた》りは家《いえ》が少《すく》ないから、バスには私《わたし》たちと運転手《うんてんしゅ》さんしかいない。

一番後《いちばんうし》ろの席《せき》で、みんなで並《なら》んで座《すわ》る。

「愛《あい》、いつになく嬉《うれ》しそう」

隣《となり》の席《せき》のレオくんが、私《わたし》を見《み》て微笑《ほほえ》んだ。

そ、そんなに顔《かお》にでてたかなっ……？

「おばあちゃんに会《あ》えるの、ずっと楽《たの》しみにしてたからっ……」

「愛《あい》はおばあちゃんのこと、大好《だいす》きなんだな」

「うん……大好《だいす》きだよっ」

私《わたし》にとって、世界《せかい》で一番大切《いちばんたいせつ》な人《ひと》。

おばあちゃんは、太陽《たいよう》みたいな存在《そんざい》だから。

「ずっと気《き》になってたんだけど……愛《あい》はなんで、おばあちゃんとふたりで暮《く》らしてるのか
……聞《き》いてもいい……？」

「え……？」

突然《とつぜん》の質問《しつもん》に、驚《おどろ》いて声《こえ》がもれた。

「前《まえ》にさ……拾《ひろ》われたって言《い》ってたでしょ？」

あ……。

**『捨《す》てる神《かみ》あれば拾《ひろ》う神《かみ》ありって言葉《ことば》があるの。私《わたし》は神様《かみさま》じゃないけど、私《わたし》もとっても素《す》敵《てき》な人《ひと》に拾《ひろ》われたんだよ』**

私《わたし》が言《い》った言葉《ことば》……覚《おぼ》えてたんだ……。

「それが、ずっと気《き》になってて……」

「俺《おれ》も……」

「俺《おれ》も、聞《き》きたかった」

「………」

そうだよね……拾《ひろ》われたなんて言《い》い方《かた》……気《き》になるに決《き》まってる。

「あ、明《あか》るい話《はなし》じゃないんだけど、いいかな……？」

自分《じぶん》から誰《だれ》かに話《はな》したことはないけど、みんなに隠《かく》さないといけない話《はなし》でもない。

「うん。愛《あい》がよかったら……**聞《き》かせてほしい**」

レオくんの言葉《ことば》に、こくっとうなずいて、私《わたし》は口《くち》を開《ひら》いた。

「私《わたし》、小学校《しょうがっこう》3年生《ねんせい》の時《とき》に、お父《とう》さんとお母《かあ》さんが離婚《りこん》したの」

もう4年前《ねんまえ》の話《はなし》だ。

「それで……おばあちゃんとおじいちゃんが引《ひ》き取《と》ってくれたんだ」

離婚《りこん》が決《き》まった日《ひ》の夜《よる》。お母《かあ》さんとお父《とう》さんの会話《かいわ》を偶然《ぐうぜん》聞《き》いてしまった。

**『愛《あい》はどうするんだ。君《きみ》が引《ひ》き取《と》るのか？』**

**『いらないわよ……仕事《しごと》の邪魔《じゃま》になるだけよ。あなたが育《そだ》ててあげて』**

**『僕《ぼく》だっていらないよ』**

廊下《ろうか》で聞《き》いていた私《わたし》は、音《おと》を立《た》てないように、ゆっくり自分《じぶん》の部屋《へや》に戻《もど》った。

ひとりきりの部屋《へや》で、その日《ひ》は朝《あさ》まで泣《な》いた。

「3年生《ねんせい》までは、両親《りょうしん》と暮《く》らしてたの……？」

「うん。だけど……あんまり思《おも》い出《で》はなくて……ふたりともめったに家《いえ》に帰《かえ》ってこなかったから」

覚《おぼ》えているのは、会《あ》うたびにふたりが喧嘩《けんか》をしていたことくらい。

そういう環境《かんきょう》で育《そだ》ったから、幼《おさな》い頃《ころ》の私《わたし》は家族《かぞく》は喧嘩《けんか》をするものなんだって思《おも》ってた。

だけど、だんだん周《まわ》りの子《こ》の家庭《かてい》を知《し》っていくうちに……私《わたし》の家《いえ》は仲《なか》が悪《わる》いんだって気《き》づいたんだ。

気《き》づいた時《とき》にはもう遅《おそ》くて、私《わたし》ひとりではボロボロの家族《かぞく》の仲《なか》を良《よ》くすることはできなかった。

「それでも、離婚《りこん》するってなった時《とき》に、寂《さび》しくて泣《な》いてしまうくらいには……お父《とう》さんとお母《かあ》さんのことが好《す》きだった」

いらないって言《い》われても、私《わたし》にとってふたりは大切《たいせつ》なお母《かあ》さんとお父《とう》さんだったから。

「ほんとは捨《す》てないでって……**すがりつきたかったんだ**」

話《はな》していると、つい本音《ほんね》がこぼれてしまった。

「愛《あい》……」

暗《くら》い空気《くうき》になるのが嫌《いや》で、すぐに笑顔《えがお》を作《つく》る。

「だ、だけど、おじいちゃんとおばあちゃんが、私《わたし》のことをすごくすごく大事《だいじ》に育《そだ》ててくれたの」

ふたりにいらないって言《い》われた私《わたし》をこころよく引《ひ》き取《と》ってくれて、愛情《あいじょう》をいっぱいくれた。

「家族《かぞく》ってこういう存在《そんざい》なんだって教《おし》えてくれて、ふたりからありったけの愛情《あいじょう》をもらって育《そだ》ったんだ。だから私《わたし》、寂《さび》しくなかったの。今《いま》はおばあちゃんとおじいちゃんに引《ひ》き取《と》ってもらえたことにすごく感謝《かんしゃ》してるし、私《わたし》にとってふたりはかけがえのない大事《だいじ》な家族《かぞく》」

今《いま》でもたまに、お母《かあ》さんとお父《とう》さんのことは思《おも》い出《だ》すけど……悲《かな》しい気持《きも》ちにはならない。

私《わたし》にはおばあちゃんと、天国《てんごく》のおじいちゃんがいてくれるから。

「そっか」

レオくんは私《わたし》の話《はなし》を聞《き》いて、何《なに》かを噛《か》み締《し》めるようにうなずいていた。

「お前《まえ》の親《おや》、しばいてやりたいな」

「えっ……」

「愛《あい》、たくさん、がんばった」

ミケくんもツキくんも、励《はげ》ましてくれてるのかな……？

くしゃっと、頭《あたま》を撫《な》でられた。

「……**たまには甘《あま》えろ**」

ロウくん……。

「みんな、ありがとうっ……今《いま》はおばあちゃんもみんなもいてくれるから、少《すこ》しも寂《さび》しくないよ」

ほんとにほんとに……いつもありがとうっ……。

# 20 本当《ほんとう》の宝物《たからもの》

病院《びょういん》について、まっすぐおばあちゃんの病室《びょうしつ》に向《む》かう。

な、なんだか緊張《きんちょう》するっ……。

**——コン、コン、コン。**

「し、失礼《しつれい》します」

ゆっくりと扉《とびら》を開《あ》けると、ベッドに座《すわ》っているおばあちゃんの姿《すがた》が。

「おばあちゃん……！」

「愛《あい》、みんなも……きてくれたんだねぇ」

私《わたし》を見《み》て嬉《うれ》しそうに笑《わら》ったおばあちゃん。

久《ひさ》しぶりに見《み》るおばあちゃんの笑顔《えがお》に、なぜか無性《むしょう》に泣《な》きたくなった。

「ひ、久《ひさ》しぶり、おばあちゃん……！」

ダメダメ……泣《な》いたらおばあちゃんが困《こま》っちゃうよ……！

元気《げんき》な姿《すがた》を見《み》られて、安心《あんしん》したのかな……。

「おばあちゃん、体調《たいちょう》はどう？」

「もうすっかり元気《げんき》だよ。いますぐにでも退院《たいいん》できるくらい」

おばあちゃんの冗談《じょうだん》に、私《わたし》も笑《え》みがあふれた。

顔色《かおいろ》もいいし、少《すく》なくとも入院《にゅういん》したばかりの時《とき》よりは元気《げんき》そう。

このまま順調《じゅんちょう》に、おばあちゃんの体調《たいちょう》が回復《かいふく》することを願《ねが》おう……！

「おばあちゃんが元気《げんき》そうでよかった」

「ゼリー持《も》ってきたぞばーちゃん！」

「無理《むり》は、しないで」

「……早《はや》く退院《たいいん》できるといいな」

レオくんもミケくんもツキくんもロウくんも、みんな心配《しんぱい》そうにおばあちゃんをみていて、その光景《こうけい》に嬉《うれ》しくなった。

おばあちゃんを大事《だいじ》にしてくれる人《ひと》がこんなにもいて、幸《しあわ》せだな……。

「みんな、ありがとうねぇ」

おばあちゃんも、すごく嬉《うれ》しそうっ……。

「それより愛《あい》、お店《みせ》を任《まか》せてごめんね……愛《あい》やみんなのほうこそ大丈夫《だいじょうぶ》かい？」

「うん！　みんながね、手伝《てつだ》ってくれてるの……！　私《わたし》よりも働《はたら》いてくれてるんだよ」

「ほっほっ、それは頼《たの》もしいね。みんな、本当《ほんとう》にありがとう」

「お店《みせ》のことも、愛《あい》のことも、心配《しんぱい》しないでね」

レオくんが、そう言《い》って微笑《ほほえ》んでくれた。

「見《み》てよばあちゃん、これ、愛《あい》が新《あたら》しいメニュー作《つく》ったんだ」

ミケくんが、写真《しゃしん》をおばあちゃんに見《み》せた。

おばあちゃんは「あらまぁ」とつぶやきながら驚《おどろ》いた顔《かお》になった。

「これ、愛《あい》が作《つく》ったの？　**すごいねぇ……！**」

「み、みんながアイデアを出《だ》してくれたんだよ」

「とっても素敵《すてき》だねぇ、おばあちゃんも食《た》べたいよ」

喜《よろこ》んでくれている姿《すがた》を見《み》て、私《わたし》まで嬉《うれ》しくなった。

「お店《みせ》のために、がんばってくれてありがとうねぇ。愛《あい》がいてくれて、おばあちゃんは幸《しあわ》せものだねぇ」

おばあちゃん……。

……幸《しあわ》せものは、**私《わたし》のほうだよ。**

ほんとはノルマのこともあって、少《すこ》しだけ不安《ふあん》があったけど……おばあちゃんの笑顔《えがお》を見《み》たら、全部《ぜんぶ》吹《ふ》き飛《と》んだ。

おばあちゃん……私《わたし》、**絶対《ぜったい》にあのお店《みせ》を守《まも》るからね。**

みんなに頼《たよ》りっぱなしだけど……**ノルマもクリアしてみせるから。**

「あのカフェは、おばあちゃんの宝物《たからもの》だもんね」

私《わたし》の言葉《ことば》に、おばあちゃんは笑《わら》った。

「ほっほっ、違《ちが》うよ」

「え？」

違《ちが》う……？

「タカラっていうのは、あの**カフェで過《す》ごす時間《じかん》**が、宝物《たからもの》のような時間《じかん》になってほしいって意味《いみ》でつけたんだよ」

どういうこと……？

「でも、〝タカラ〟は、おばあちゃんとおじいちゃんの、宝物《たからもの》でしょう？」

「確《たし》かに、あのお店《みせ》は大事《だいじ》だけど……」

おばあちゃんは、小《ちい》さいけどとっても温《あたた》かい手《て》で、私《わたし》をそっと撫《な》でてくれた。

「おじいちゃんとおばあちゃんの宝物《たからもの》は、**愛《あい》だよ**」

おばあちゃんは、私《わたし》が大好《だいす》きな笑顔《えがお》でそう言《い》った。

宝物《たからもの》が……私《わたし》……？


「……っ」


あ……そうだ……。

初《はじ》めてあのお店《みせ》に行《い》った時《とき》のことを思《おも》い出《だ》す。

**『ここがふたりのお店《みせ》……！　すごいね……！』**

**『ふふっ、そうだろう』**

**『おじいちゃんがこだわりぬいたお店《みせ》なのよぉ』**

**『そっか……！　ここは、ふたりの宝物《たからもの》なんだね……！』**

笑顔《えがお》で言《い》った私《わたし》に、おじいちゃんとおばあちゃんは笑《わら》った。

**『ううん、違《ちが》うよ』**

**『え？』**

**『おじいちゃんとおばあちゃんの宝物《たからもの》は――愛《あい》だよ』**

……忘《わす》れてた……。

『**愛《あい》が、一番大切《いちばんたいせつ》だからね**』

記憶《きおく》の中《なか》の優《やさ》しいおじいちゃんの笑顔《えがお》と、目《め》の前《まえ》のおばあちゃんの笑顔《えがお》が重《かさ》なる。

あんな大事《だいじ》な思《おも》い出《で》、どうして忘《わす》れてたんだろう。

私《わたし》はあの時《とき》――**生《う》まれてきてよかった**って、初《はじ》めて思《おも》えたんだ。

今《いま》にもあふれ出《だ》しそうになった涙《なみだ》を、ぐっとこらえた。

おばあちゃんの前《まえ》で、泣《な》かないって決《き》めたから。

笑顔《えがお》で、おばあちゃんを安心《あんしん》させるって決《き》めたんだ。

「……っ、えへへ……私《わたし》の宝物《たからもの》も、おばあちゃんとおじいちゃんだよっ……」

「かわいい孫《まご》にそんなふうに言《い》ってもらって、おばあちゃんもう思《おも》い残《のこ》すことはないねぇ」

「そ、そんな縁起《えんぎ》でもないこと言《い》っちゃダメ……！」

「ほっほっ」

「ふふっ、早《はや》く元気《げんき》になってね、おばあちゃん」

何《なに》を不安《ふあん》になってたんだろう。

おばあちゃんを失《うしな》うこと以外《いがい》に、怖《こわ》いものなんてなかったんだ。

「そうだね。愛《あい》ともっと一緒《いっしょ》にいたいから、おばあちゃん長生《ながい》きできるようにがんばるねえ」

　おばあちゃんの笑顔《えがお》を見《み》て、私《わたし》はひとり決《けっ》意《い》を固《かた》めた。

　病室《びょうしつ》を出《で》た瞬間《しゅんかん》、我慢《がまん》していたものがあふれ出《だ》した。

　レオくんはそっと近《ちか》づいてきて、私《わたし》の頭《あたま》を撫《な》でてくれた。

「愛《あい》」

「ご、ごめんね……と、止《と》まらなくて……」

「**泣《な》いていいよ**」

　優《やさ》しい言葉《ことば》に、さらに涙《なみだ》が止《と》まらなくなる。

「私《わたし》……わたし、ほんとにおばあちゃんのことが、大好《だいす》きで……おばあちゃんにはいつまでも、ずっと幸《しあわ》せでいてほしくて……」

ごしごしと、涙《なみだ》を拭《ぬぐ》った。

「あのお店《みせ》も、ぜったいぜったい、守《まも》りたい……」

私《わたし》にとっての宝物《たからもの》は、おばあちゃんとおじいちゃんと……やっぱりふたりが大事《だいじ》にしていたあのお店《みせ》だから。

全部《ぜんぶ》まるごと、守《まも》れるくらい強《つよ》くなるって誓《ちか》った。

「だから……**みんなの力《ちから》を貸《か》してほしい**」

「もちろん」

レオくん……。

「何《なに》があっても**愛《あい》の味方《みかた》だよ**」

ふわりと笑《わら》ってくれるレオくんが、正義《せいぎ》のヒーローに見《み》えた。

「当《あ》たり前《まえ》だ！」

「ばあちゃんも、カフェも、愛《あい》も守《まも》る」

「……お前《まえ》はひとりじゃねぇよ。俺《おれ》らがいる」

みんな……。

「ありがとう……！」

誰《だれ》かが味方《みかた》になってくれるって……こんなにも頼《たの》もしいんだな。
最後《さいご》の涙《なみだ》を拭《ぬぐ》って、笑《え》みを浮《う》かべた。
おばあちゃん、おじいちゃん……私《わたし》、がんばるから。
だから、見守《みまも》っててね……！

# 21 ドキドキの初日《しょにち》

ケモカフェの営業初日《えいぎょうしょにち》。

ついに……この日《ひ》がやってきた。

接客用《せっきゃくよう》に、ツキくんが用意《ようい》してくれた制服《せいふく》に着替《きが》える。

店内《てんない》に入《はい》ると、先《さき》に着替《きが》え終《お》わっていたみんなの姿《すがた》が。

わっ……！

「みんな、**すごく似合《にあ》ってる……！**」

白《しろ》いシャツに、それぞれのカラーのエプロン。シンプルだけど、耳《みみ》が目立《めだ》つようになっていて、みんなの魅力《みりょく》が際立《きわだ》っている。

「ありがと。愛《あい》も似合《にあ》ってるよ」

レオくんが、にこっと笑《わら》って褒《ほ》めてくれた。

「あ、あはは、ありがとう」

お、お世辞《せじ》を言《い》わせてしまったっ……。

私《わたし》の制服《せいふく》は、少《すこ》しフリルがついたかわいいエプロン。

服自体《ふくじたい》はとってもかわいいけど……私《わたし》が着《き》ると、台無《だいな》しになっちゃうかもしれない……

あはは。

いくら服《ふく》がかわいくても、私自身《わたしじしん》が地味《じみ》だから……。

「なんで苦笑《にがわら》いするの？　本心《ほんしん》だよ」

レオくんはいたって真剣《しんけん》な顔《かお》をしていて、反応《はんのう》に困《こま》ってしまった。

そ、そんなふうに言《い》ってくれるなんて、優《やさ》しいなっ……。

というか……どう考《かんが》えても、似合《にあ》っていない理由《りゆう》がひとつある。

この……**大《おお》きすぎるメガネ**だ。

私《わたし》はお店《みせ》の鏡《かがみ》に映《うつ》った自分《じぶん》を見《み》て、ううん……とうなった。

「メガネ……外《はず》したほうがいいかな……」

せめてこれがなければ、地味《じみ》な雰囲気《ふんいき》がましになるのはわかってるんだけど……。

でも……これをつけているのには、理由《りゆう》があるから……。

「そういえば、愛《あい》はなんでそんなでっけーメガネかけてるんだ？」

「ミケ」

「い、いや、悪《わる》いってわけじゃなくて、気《き》になって……」

そういえば、みんなにも一度《いちど》も素顔《すがお》を見《み》せたことがない。

また暗《くら》い話《はなし》になるから話《はな》すべきか悩《なや》んだけど、みんなにはちゃんと説明《せつめい》しておいたほうがいいかな……。

「私《わたし》、目《め》の色《いろ》がお父《とう》さん似《に》なの。それで、形《かたち》はお母《かあ》さん似《に》なんだ」

このメガネをかけるようになったのは……お父《とう》さんとお母《かあ》さんがきっかけだ。

「お父《とう》さんがね……私《わたし》に見《み》られると、**お母《かあ》さんに見《み》られてるみたいで落《お》ち着《つ》かないって**言《い》って……それに、お母《かあ》さんには……」

あの日《ひ》のことを思《おも》い出《だ》して、ぎゅっと目《め》をつむった。

「**その目《め》を見《み》てると、イライラする**って言《い》われたの……。お母《かあ》さん、お父《とう》さんのことが嫌《きら》いだったから……」

お母《かあ》さんにそれを言《い》われた日《ひ》、私《わたし》はおこづかいでこのメガネを買《か》った。

ふたりを嫌《いや》な気持《きも》ちにさせないように、目《め》が隠《かく》れる大《おお》きなメガネを。

「……最低《さいてい》だね」

「だ、だけど、おじいちゃんとおばあちゃんは、そんなこと言《い》わなかったよ……！　ふたりとも私《わたし》のこと、かわいいかわいいって言《い》って育《そだ》ててくれて……」

それなのに、私《わたし》は……。

「いつまでも、お父《とう》さんとお母《かあ》さんに言《い》われたことが頭《あたま》から離《はな》れなくて……怖《こわ》くて、メガネが外《はず》せなくて……」

今思《いまおも》えば、おばあちゃんとおじいちゃんに、すごく失礼《しつれい》なことしちゃってたな……。

ふたりの言葉《ことば》を信《しん》じきれないって、言《い》っているようなものだよね……。

「愛《あい》は悪《わる》くないよ」

レオくんの言葉《ことば》に、少《すこ》し心《こころ》が軽《かる》くなった。

「無理《むり》にはずさなくていいじゃん、べつに」

「うん、そのままで、いい」

「……べつにメガネがあろうがなかろうが、お前《まえ》はお前《まえ》だ」

肯定《こうてい》してくれる人《ひと》がいるって……すごくありがたいな。

「ありがとう、みんなっ……」

「それに、愛《あい》はメガネしててても**かわいいからね**」

「……っ、へ？」

さらっと言《い》ったレオくんに、変《へん》な声《こえ》が出《で》た。

「ん？　なんで驚《おどろ》くの？　**愛《あい》はかわいいよ？**」

「え、あ、あの……」

レオくん……じょ、冗談《じょうだん》で言《い》ってるのかな……？

「おいバカ……！　俺《おれ》たちの前《まえ》でやめろって何回《なんかい》言《い》えばわかんだよ！」

「見《み》て、られない」

「ちっ……愛《あい》も困《こま》ってんだろ……」

「かわいい人《ひと》をかわいいって言《い》って、何《なに》が悪《わる》いの」

みんなの言葉《ことば》に、不満《ふまん》そうに首《くび》をかしげたレオくん。

「あ、あの、準備《じゅんび》……！　準備始《じゅんびはじ》めようっ……！」

これ以上《いじょう》は恥《は》ずかしくて耐《た》えきれなくて、私《わたし》はキッチンへと走《はし》った。

ふ、深《ふか》い意味《いみ》はないってわかってるけど……レオくんみたいにかっこいい男《おとこ》の子《こ》に言《い》われたら、どうしていいかわからなくなるっ……。

顔《かお》の熱《ねつ》をさますように、ぱたぱたと手《て》であおった。

開店《かいてん》10分前《ぷんまえ》になって、窓《まど》の外《そと》を覗《のぞ》く。

「ねえ、み、見《み》て……！　お客《きゃく》さんが、並《なら》んでる……！」

それも、すごい列《れつ》の長《なが》さっ……！

列《れつ》の一番後《いちばんうし》ろが見《み》えないくらいのお客《きゃく》さんの数《かず》に、びっくりして目《め》が飛《と》び出《で》そうになった。

「こ、こんなに来《き》てもらえるなんてっ……」

みんなも、驚《おどろ》いた顔《かお》でお客《きゃく》さんの列《れつ》を見《み》ていた。

「ほんとだね。大行列《だいぎょうれつ》だ」

「おお、SNS《エスエヌエス》の反応《はんのう》から予想《よそう》してたけど、想像以上《そうぞういじょう》にきてくれてるじゃん……！」

「ノルマも、いけそう」

「安心《あんしん》するのはまだ早《はや》いだろ。初日《しょにち》が勝負《しょうぶ》だ。満足《まんぞく》して帰《かえ》ってもらえれば、明日《あした》も客足《きゃくあし》が伸《の》びる」

ロウくんの言《い》う通《とお》りだ……。

「今日《きょう》の評価《ひょうか》にかかってるね……よし、**やってやろう、みんな**」

レオくんがにやりと笑《わら》った。

私《わたし》も……がんばるぞ……っ！

「そ、それじゃあ、オープンするね……！」

「愛《あい》、掛《か》け声《ごえ》は？」

え……？

ミケくんの言葉《ことば》に、首《くび》をかしげる。

「そうだな。店長代理《てんちょうだいり》、ビシッと決《き》めてくれ」

ろ、ロウくんまでっ……。

私《わたし》は消極的《しょうきょくてき》な性格《せいかく》で、リーダーとかそういうのはしたことがなかった。

ちょっと恥《は》ずかしいけど……こんなところで照《て》れてたらダメだよね。

「う、うん……！」

ふう……と息《いき》を吸《す》って、お腹《なか》から声《こえ》を出《だ》した。

**「営業初日《えいぎょうしょにち》、がんばるぞっ……！」**

「うん！」

「おー！」

「お、おー」

「……やんぞ、お前《まえ》ら」

今日《きょう》まで、たくさん準備《じゅんび》してきた。だから……私《わたし》たちならきっと、大丈夫《だいじょうぶ》……！

**ケモカフェの期間限定営業《きかんげんていえいぎょう》、開始《かいし》だ……！**

# 22 ケモカフェオープン！

私《わたし》はキッチンにスタンバイして、ぱちぱちと頬《ほお》を叩《たた》いた。

よし……注文《ちゅうもん》が入《はい》ったら、テキパキ動《うご》かなきゃ……！

にっこり笑顔《えがお》のレオくんが、扉《とびら》を開《あ》けた。

「ケモカフェ、オープンします」

「「「きゃー!!」」」

わっ……す、すごい歓声《かんせい》っ……！

「待《ま》って！　スタッフさんイケメンなんだけど……！」

「犬型《いぬがた》のネームプレートしてる、かっこいい……！」

「あの猫《ねこ》の店員《てんいん》さんもかっこいいよ……！」

「うさぎの耳《みみ》、かわいい～！」

「狼《おおかみ》の店員《てんいん》さん、身長高《しんちょうたか》くてオーラあってかっこよくない……!?」

「イケメンしかいない……！」

い、いろんな意味《いみ》で大反響《だいはんきょう》みたいだっ……。

私《わたし》も初《はじ》めてみんなを見《み》たとき、芸能人《げいのうじん》みたいだって思《おも》ったから、女《おんな》の子《こ》たちが目《め》をハートにするのも納得《なっとく》だ。

「先着順《せんちゃくじゅん》でご案内《あんない》するので、順番《じゅんばん》にお待《ま》ちください」

「あー、待《ま》ち時間《じかん》の想定《そうてい》は大体《だいたい》……」

「はい、メニュー、どうぞ」

「………」

みんな慣《な》れた様子《ようす》で接客《せっきゃく》をしていて、練習《れんしゅう》の成果《せいか》を発揮《はっき》していた。

「メニューかわいい～」

「HP《ホームページ》に載《の》ってないのもあるよ……！」

「全部《ぜんぶ》かわいくて迷《まよ》っちゃうな～」

メニュー表《ひょう》を見《み》て楽《たの》しそうに話《はな》しているお客《きゃく》さんを見《み》て、まだ開店《かいてん》したばかりなのに、達成感《たっせいかん》がこみあげてきた。

「愛《あい》、オーダー入《はい》ったよ。置《お》いておくね」

レオくんの声《こえ》に、ハッとする。

い、いけないいいけないい、ぼうっとしてたっ……。

「はい！」

「俺《おれ》もオーダー！」

「俺《おれ》も、とってきた」

「想像《そうぞう》以上《いじょう》に注文数《ちゅうもんすう》多《おお》いな……愛《あい》、いけるか？」

みんなから受《う》け取《と》った何枚《なんまい》ものオーダー表《ひょう》。

「**任《まか》せて！**」

注文《ちゅうもん》が多《おお》いのは、むしろありがたい……！

エプロンのひもをしめ直《なお》して、早速《さっそく》フードを作《つく》りはじめる。

「愛《あい》、手際《てぎわ》いいね」

「手際《てぎわ》いいっていうか……早《はや》すぎてもはや見《み》えないいけど……」

「愛《あい》、千手観音《せんじゅかんのん》、みたい」

「この調子《ちょうし》ならいけそうだな。任《まか》せたぞ」

お客《きゃく》さんに、早《はや》く注文《ちゅうもん》を届《とど》けたい……！

「ドリンクも入《はい》ったから、俺《おれ》も作《つく》る」

キッチンに入《はい》ってきたレオくんが、ラテアートの準備《じゅんび》を始《はじ》めた。

わ、ドリンクもすごい注文数《ちゅうもんすう》……！

「この様子《ようす》だと……俺《おれ》もドリンクで手一杯《ていっぱい》で、接客《せっきゃく》に回《まわ》れないかも……」

「ラテアート大人気《だいにんき》だね……！」

「うん！　注文入《ちゅうもんはい》るのは嬉《うれ》しいけど、あいつら大丈夫《だいじょうぶ》かな……」

レオくんはせっせと準備《じゅんび》をしながら、不安《ふあん》そうに接客中《せっきゃくちゅう》のみんなを見《み》ていた。

みんな接客《せっきゃく》には自信《じしん》がなさそうにしてたから、心配《しんぱい》なのかもしれない。

「あの、おすすめってありますか？」

お客《きゃく》さんが、ツキくんに声《こえ》をかけたのが見《み》えた。

「……えっと、**全部《ぜんぶ》**」

まさかの回答《かいとう》に、ロウくんが「おい……」と冷《ひ》や汗《あせ》をうかべている。

「かわいいっ……！　それじゃあ、全部頼《ぜんぶたの》みます！」

ええっ……！

「あり、がとう」

「まあ、こういう接客《せっきゃく》もありなのかな」

苦笑《にがわら》いしているレオくんに、私《わたし》も微笑《ほほえ》んだ。

ツキくんのかわいさが、逆《ぎゃく》にお客《きゃく》さんの心《こころ》を摑《つか》んだのかもしれないっ……！

「猫《ねこ》さんもかわいい……！」

「……なら、**猫《ねこ》のスイーツ注文《ちゅうもん》して**」

「注文《ちゅうもん》します！」

「狼《おおかみ》さん、かっこいいですね！」

「**……注文《ちゅうもん》は？**」

「そっけない接客《せっきゃく》も素敵《すてき》……」

ミケくんとロウくんの接客《せっきゃく》も好評《こうひょう》みたいで、まずは一安心《ひとあんしん》した。

「なんとかなりそうだね。俺《おれ》たちはフードとドリンクがんばろう！」

「うん！」

たくさんのオーダー表《ひょう》を見《み》ながら、レオくんと休《やす》みなく働《はたら》いた。

## 23 緊急事態《きんきゅうじたい》！

閉店《へいてん》1時間前《じかんまえ》になった頃《ころ》、私《わたし》たちは焦《あせ》っていた。

どうしよう……**間《ま》に合《あ》わない**……。

外《そと》にはまだ列《れつ》ができているのに、店内《てんない》は満席《まんせき》で、案内《あんない》できていないお客《きゃく》さんがたくさんいた。

席数《せきすう》もそんなに多《おお》くないし、食《た》べ終《お》わってゆっくり話《はな》しているお客《きゃく》さんもいて、待《ま》ち時《じ》間《かん》の目処《めど》もつかない。

このままじゃ……案内《あんない》できないまま、閉店時間《へいてんじかん》になっちゃう……。

「時間制限《じかんせいげん》も考《かんが》えたほうがよかったな……」

ロウくんが、困《こま》ったようにため息《いき》を吐《つ》いた。

「うん……でも、楽《たの》しんでるお客《きゃく》さんに、そろそろ帰《かえ》ってくださいとは言《い》えない……」

カフェはゆっくりくつろぐ場所《ばしょ》でもあるし……楽《たの》しい気持《きも》ちのまま帰《かえ》ってほしいから。

だけど……。

「このままじゃ……今《いま》まで並《なら》んでくれたお客《きゃく》さんに、帰《かえ》ってもらうことになっちゃう……」

それだけは、避《さ》けたい……。

「どうしよう……」

解決策《かいけつさく》が浮《う》かばなくて、無意識《むいしき》に視線《しせん》が下《さ》がってしまう。

もう、謝罪《しゃざい》して帰《かえ》ってもらうことしか、できないのかな……。

「愛《あい》、レオ、ちょっと俺抜《おれぬ》けてもいいか？」

「え？」

ミケくんが、そう言《い》ってエプロンを脱《ぬ》いだ。

「**10分《ぷん》で終《お》わらせるから……！**」

走《はし》って、家《いえ》につながるドアの向《む》こうにいったミケくん。

10分《ぷん》で終《お》わらせる……？　い、いったい、なにを……？

レオくんを見《み》ると、ふっと微笑《ほほえ》み返《かえ》された。

「何《なに》かいい案《あん》があるのかもしれない。ここはミケに任《まか》せよう」

でも……ミケくんに任《まか》せっきりでいいのかな……。

私《わたし》も何《なに》か……あっ。

あることを思《おも》いついて、私《わたし》は紙《かみ》とペンを取《と》り出《だ》した。


できた……！

「愛《あい》……！」

あるものが出来上《できあ》がった時《とき》、ちょうどミケくんがノートパソコンを持《も》って戻《もど》ってきた。

「見《み》て……！」

「これは……？」

パソコンの画面《がめん》に映《うつ》っているのは……何《なに》かのフォーム……かな？

「**予約《よやく》フォーム**……作《つく》ってみた！」

予約《よやく》フォーム……？

「明日《あした》から本格的《ほんかくてき》に導入《どうにゅう》するとして……今日《きょう》お店《みせ》に入《はい》れなかったお客《きゃく》さんに、これで対応《たいおう》させてもらおうぜ！」

あ……なるほど……！

今日案内《きょうあんない》できなかったお客《きゃく》さんを、後日優先的《ごじつゆうせんてき》に案内《あんない》するってことか……！

「2時間制《じかんせい》で、店内《てんない》の座席《ざせき》の3分《ぶん》の1を予約枠《よやくわく》にした。10時《じ》から12時《じ》と、12時《じ》から14時《じ》、14時《じ》から16時《じ》、16時《じ》から閉店《へいてん》の18時《じ》までの4部制《ぶせい》にしてる」

それだったら、確実《かくじつ》にお店《みせ》に入《はい》れるし、3分《ぶん》の1なら残《のこ》りは当日来《とうじつき》てくれたお客《きゃく》さんも案内《あんない》できる。

「これ、QR《キューアール》コード！」

印刷《いんさつ》してきてくれたのか、ミケくんが紙《かみ》を渡《わた》してくれた。

「それじゃあ、俺《おれ》がお客《きゃく》さんたちに伝《つた》えてくるよ」

レオくんが行《い》こうとしたけど、慌《あわ》ててその手《て》を摑《つか》む。

「ううん……！　店長代理《てんちょうだいり》は私《わたし》だから、私《わたし》がお客《きゃく》さんに話《はな》してくる……！」

こんな仕事《しごと》を、レオくんに任《まか》せるわけにはいかない。

お客《きゃく》さんの反応《はんのう》は怖《こわ》いけど……でも、責任《せきにん》をとるって、こういうことだと思《おも》うから。

「それじゃあ、俺《おれ》も一緒《いっしょ》に行《い》かせて」

「ありがとう……！」

店番《みせばん》をみんなに任《まか》せて、レオくんとふたりで外《そと》に出《で》た。

お客《きゃく》さん、いっぱい……。

こんな山奥《やまおく》にあるのに、遠《とお》くから来《き》てくれたんだと思《おも》うと、感謝《かんしゃ》してもしきれない。

それなのに……帰《かえ》ってもらうことになってしまって、本当《ほんとう》に申《もう》し訳《わけ》ない気持《きも》ちで、いっぱい……。

「あの……！」

私《わたし》はお客《きゃく》さんたちの方《ほう》を向《む》いて、口《くち》を開《ひら》いた。

「ほ、本日《ほんじつ》は、ケモカフェにお越《こ》しいただきありがとうございます……！　大変《たいへん》申《もう》し訳《わけ》ないのですが、店内《てんない》が満席《まんせき》で、これ以上《いじょう》のお客《きゃく》さまのご案内《あんない》ができない状態《じょうたい》です……**本当《ほんとう》にすみません……！**」

頭《あたま》を下《さ》げると、お客《きゃく》さんたちの落胆《らくたん》の声《こえ》が耳《みみ》に入《はい》ってきた。

「せっかくここまできたのに……？」

「無駄足《むだあし》だよ……はぁ……**来《こ》なかったらよかった**……」

ずきりと胸《むね》が痛《いた》んで、ぎゅっと目《め》をつむる。

そんなふうに言《い》わせてしまって……本当《ほんとう》に、ごめんなさい……。

がんばって、ちゃんと伝《つた》えるんだ……。

拳《こぶし》を握《にぎ》って、顔《かお》をあげる。

「あ、明日以降《あしたいこう》になってしまうんですが、優先的《ゆうせんてき》に予約《よやく》の対応《たいおう》をさせていただきますので、こちらをご利用《りよう》いただけないでしょうか……！」

ミケくんがくれたＱＲ《キューアール》コードを、お客《きゃく》さんに見《み》せた。

「結構《けっこう》くるのに時間《じかん》かかったし……」

「なんか、もういいよね……」

「それと……こちら、**サービス券《けん》**になります……！」

私《わたし》はさっき作《つく》った、ドリンク１杯無料《ぱいむりょう》のチケットを取《と》り出《だ》した。

「え？　サービス券《けん》は嬉《うれ》しい……」

「まあ……夏休《なつやす》みもまだあるもんね」

「予約《よやく》フォーム見《み》せてくださ～い」

あ……。

よかった……お客《きゃく》さんの笑顔《えがお》が、少《すこ》しだけ戻《もど》った……。

「ありがとうございます……！」

私《わたし》は順番《じゅんばん》に、ＱＲ《キューアール》コードとチケットを配布《はいふ》していった。

「愛《あい》、俺《おれ》にも貸《か》して」

レオくんが私《わたし》からチケットを半分《はんぶん》とって、一緒《いっしょ》に配《くば》ってくれる。

「またのお越《こ》しをお待《ま》ちしてます」

「い、イケメン……」

「ぜ、絶対《ぜったい》にまた来《き》ます……！」

レオくんの笑顔《えがお》に、お客《きゃく》さんたちは目《め》をハートにしていた。

れ、レオくん効果《こうか》、すごいっ……。


「ありがとう……レオくん……！」

全員《ぜんいん》に配《くば》り終《お》わって、レオくんにお礼《れい》をいった。

みんなレオくんの笑顔《えがお》にメロメロになってたなっ……。

「ううん、愛《あい》ががんばったからだよ」

レオくんはいつも、いたわるような言葉《ことば》をくれるなぁ……。

今日《きょう》も、今日《きょう》までも、何回《なんかい》もレオくんのこの優《やさ》しさに救《すく》われた。

レオくんは本当《ほんとう》に、私《わたし》のヒーローだ……。

「それに、俺《おれ》は**誰《だれ》にでも尽《つ》くすわけじゃないよ**」

え……？

どういう意味《いみ》だろう……？

「残《のこ》ってるお客《きゃく》さんも、笑顔《えがお》で帰《かえ》ってもらえるようにがんばろう」

「うん……！」

そうだ、まだ終《お》わってない……。

ケモカフェは、まだ始《はじ》まったばっかりなんだっ……！

# 24 初日《しょにち》終了《しゅうりょう》！

「ありがとうございました……！」

最後《さいご》のお客《きゃく》さんを見送《みおく》って、大《おお》きく息《いき》を吐《つ》いた。

お、終《お》わったっ……。

「看板《かんばん》しまったよ」

「レジの集計《しゅうけい》も終《お》わった」

レオくんとロウくんが戻《もど》ってきて、みんなでお店《みせ》の中心《ちゅうしん》に集《あつ》まった。

「みんな、お疲《つか》れ様《さま》……！」

ほとんど休《やす》みなしで働《はたら》きっぱなしだったろうし、すごく疲《つか》れたと思《おも》う。

それなのに、少《すこ》しも疲《つか》れを見《み》せないみんなを見《み》て、すごいなぁと尊敬《そんけい》した。

私《わたし》はいますぐにでも眠《ねむ》っちゃいそうだ……あはは。

「愛《あい》こそお疲《つか》れ様《さま》。あれだけの注文《ちゅうもん》、よくひとりでさばいたね」

「レオくんこそ、ドリンクの注文《ちゅうもん》のほうが多《おお》かったのに、全部《ぜんぶ》ひとりで対応《たいおう》してくれてありがとう……！」

視線《しせん》が交《まじ》わって、どちらからともなく笑顔《えがお》になった。

「おい、なに甘《あま》い空気《くうき》だしてんだよ！　ったく、何回言《なんかいい》えばわかるんだ……」

み、ミケくん？　げっそりした顔《かお》してるけど……やっぱり疲《つか》れちゃったかな……？

「なにもしてないよ。ずっとキッチンにふたりでいたから、**絆《きずな》は深《ふか》まった**と思《おも》うけど」

微笑《ほほえ》んだレオくんを、３人《にん》が呆《あき》れた顔《かお》で見《み》ていた。

あ、あの……。

「愛《あい》、売《う》り上《あ》げ、報告《ほうこく》する」

ツキくんの言葉《ことば》に、びくっと肩《かた》が跳《は》ねる。

売《う》り上《あ》げ……。

「う、うん……お願《ねが》いします……！」

緊張《きんちょう》のあまり、ごくりと息《いき》をのんだ。

「売《う》り上《あ》げ、は……」

ドキドキしながら、目《め》をぎゅっとつむった。

「**７万円《まんえん》**。目標《もくひょう》が、４万円《まんえん》だから、**倍近《ばいちか》い**」

……え？

「そ、そんなにっ……!?」

驚愕《きょうがく》の結果《けっか》に、思《おも》わず大《おお》きな声《こえ》が出《で》た。

「す、すごいっ……みんなのおかげだよ……！」

まさか初日《しょにち》から、こんなにいいスタートを切《き》れるなんて……。

「愛《あい》ががんばった結果《けっか》だよ」

「へっ、まずは自分《じぶん》のこと褒《ほ》めてやれよ！」

「うん、愛《あい》、がんばった」

「お疲《つか》れ」

みんなの優《やさ》しい言葉《ことば》に、感動《かんどう》してうるっときてしまう。

「今日《きょう》は疲《つか》れただろうから、ゆっくり休《やす》んでね」

「そうだね……明日《あした》は**今日以上に**《きょういじょう》忙《いそが》しくなるだろうから、しっかり体力蓄《たいりょくたくわ》えとけよ！」

え……？

ミケくんの言葉《ことば》に、首《くび》をかしげた。

「今日以上《きょういじょう》に……？　どうしてそう思《おも》うの？」

今日《きょう》は初日《しょにち》だからたくさんのお客《きゃく》さんが来《き》てくれたけど……明日《あした》も続《つづ》くとは限《かぎ》らないし、まだまだノルマクリアまで油断《ゆだん》できない。

でも、ミケくんが何《なん》の根拠《こんきょ》もなくそんなことを言《い》うとも思《おも》えない。

「ふふっ、これだ！」

ミケくんは、スマホの画面《がめん》を私《わたし》に見《み》せてくれた。

そこには、ケモカフェに関《かん》する投稿《とうこう》がたくさん並《なら》んでいた。

**【ケモカフェのスイーツすっごいおいしかった！】**

**【見《み》た目《め》に釣《つ》られていったけど、味《あじ》がおいしくてびっくり！　絶対営業期間中《ぜったいえいぎょうきかんちゅう》にもう一回《かい》食《た》べたい！】**

**【店内《てんない》もスイーツもドリンクも全部《ぜんぶ》かわいいであふれてる！】**

わっ……す、すごいっ……！

スイーツの写真《しゃしん》もたくさん投稿《とうこう》されていて、嬉《うれ》しくて胸《むね》をぎゅっと押《お》さえた。

**『愛《あい》のスイーツは、みんなを幸《しあわ》せにするからねぇ』**

私《わたし》……少《すこ》しでも誰《だれ》かを、幸《しあわ》せにできたのかな……。

投稿《とうこう》の中《なか》には、みんなを褒《ほ》める声《こえ》もたくさんあった。

【店員《てんいん》さんみんなイケメン！】

【獣人《じゅうじん》４人《にん》もいるなんて贅沢《ぜいたく》すぎる】

【リピート確定《かくてい》！　明日《あした》も行《い》く！】

ふふっ、みんなも大人気《だいにんき》だっ……。

「投稿《とうこう》にもたくさん反応《はんのう》がついてるし、興味《きょうみ》を持《も》ってくれる人《ひと》もさらに増《ふ》えただろうね」

「予約《よやく》フォームもさっき全体《ぜんたい》に公開《こうかい》したけど、早速予約入《さっそくよやくはい》ってるぜ！」

「忙《いそが》しく、なりそう」

「ああ。今日《きょう》はもう明日《あした》に備《そな》えて休《やす》むか」

「あ……少《すこ》しだけ、お店《みせ》に残《のこ》ってもいいかな？　スイーツが作《つく》りたくて……」

今日《きょう》、予想以上《よそういじょう》にスイーツが売《う》れたから、在庫《ざいこ》がほとんどなくなった。

「もし売《う》り切《き》れになったら、せっかく来《き》てくれたお客《きゃく》さんに申《もう》し訳《わけ》ないし……たくさん用《よう》意《い》しておきたいの」

今日《きょう》みたいなことには、もう絶対《ぜったい》ならないように。

お客《きゃく》さんみんなに笑顔《えがお》になってほしいから……。

「それじゃあ、俺《おれ》も手伝《てつだ》うよ」

「俺《おれ》も！　味見《あじみ》は任《まか》せろ！」

「手伝《てつだ》えること、ある？」

「俺《おれ》も座席数増《ざせきすうふ》やしたいから、残《のこ》って椅子作《いすつく》る」

「ありがとう、みんなっ……」

閉店後《へいてんご》のカフェにも、笑顔《えがお》があふれていた。

## 25 またまた緊急事態《きんきゅうじたい》！

ケモカフェの営業《えいぎょう》が始《はじ》まって、3日《か》が経《た》った。

予約《よやく》フォームのおかげもあって、昨日《きのう》も今日《きょう》も満席御礼状態《まんせきおんれいじょうたい》だった。

こんなにお客《きゃく》さんがいっぱい来《き》てくれて、本当《ほんとう》に嬉《うれ》しい限《かぎ》りだなっ……。

「ありがとうございました」

レジに立《た》っていたミケくんが、ふぅ……と息《いき》を吐《つ》いたのが見《み》えた。

ミケくんはそのまま、キッチンのほうに歩《ある》いてきた。

「愛《あい》、テイクアウト用《よう》のスイーツの在庫《ざいこ》、もうなくなる！」

「え……！」

あんなに置《お》いていたのに、もうなくなるなんて……！

「店《みせ》で食《く》った客《きゃく》が、うまいからテイクアウトするって購入《こうにゅう》してる！　超人気《ちょうにんき》だぜ！」

そうだったんだ……！

嬉《うれ》しいなっ……。

自分《じぶん》が作《つく》ったスイーツをメニューに入《い》れるなんて、絶対《ぜったい》に無理《むり》だって思《おも》っていたけど
……挑戦《ちょうせん》してよかった……。

これも全部《ぜんぶ》、背中《せなか》を押《お》してくれたみんなのおかげだっ……。

「すぐに持《も》ってくるね！」

「ああ」

キッチンからスイーツの在庫《ざいこ》をとって、急《いそ》いで運《はこ》ぶ。

念《ねん》の為《ため》、たくさん作《つく》り置《お》きしておいてよかった……！

テイクアウト用《よう》の棚《たな》に並《なら》べて、キッチンに戻《もど》ろうとした時《とき》だった。

「ぶ～ん！　うわっ！」

「**きゃっ……！**」

小《ちい》さい子《こ》と衝突《しょうとつ》してしまって、そのまま床《ゆか》に転《ころ》んでしまった。

――**カシャンッ**。

何《なに》かが割《わ》れた音《おと》がして、そっと顔《かお》をあげる。

あれ……？　メガネが、**ない**……。

もしかして、転《ころ》んだ衝撃《しょうげき》で落《お》ちちゃった……？

近《ちか》くに転《ころ》がっていたメガネを見《み》つけて取《と》ろうとしたけど、レンズが割《わ》れてしまっていることに気《き》づいた。

今《いま》の音《おと》、割《わ》れた音《おと》だったんだ……っ。

「ちょっと、お店《みせ》の中《なか》で走《はし》っちゃダメって言《い》ったでしょ！　ごめんなさい店員《てんいん》さん……」

ぶつかった小《ちい》さい子《こ》のお母《かあ》さんと思《おも》われる人《ひと》の声《こえ》が聞《き》こえたけど、顔《かお》をあげられなかった。

どうしよう……メガネが……。

これがないと……人《ひと》の顔《かお》が見《み》られない……。

顔《かお》をあげないと、お客《きゃく》さんを不安《ふあん》にさせてしまうのに……。

「だ、大丈夫《だいじょうぶ》です！」

「ほ、ほんとに大丈夫《だいじょうぶ》かしら？　どこか怪我《けが》をしてるんじゃ……」

心配《しんぱい》そうなお客《きゃく》さんの声《こえ》に、焦《あせ》りだけがつのる。

顔《かお》をあげるんだ、私《わたし》……！

大丈夫《だいじょうぶ》……。

**『その目《め》で見《み》られると、イライラするのよ』**

だいじょう、ぶ……。

……ダメだ……怖《こわ》い……っ。

「**愛**《あい》……**！**」

レオくんの声《こえ》が聞《き》こえたのと同時《どうじ》に、そっと背中《せなか》を優《やさ》しく撫《な》でられた。

「大丈夫《だいじょうぶ》？」

「う、うん、あの、メガネが……」

「……これは……」

レオくんは割《わ》れているメガネに気《き》づいたのか、焦《あせ》った声色《こわいろ》になった。

「顔《かお》、あげられる？」

「あ、あの……」

あげないといけないってわかってるのに、どうしても、体《からだ》が言《い》うことを聞《き》いてくれない。

こんなふうにうずくまったままだと、お客《きゃく》さんたちを不安《ふあん》にさせてしまう……っ。

みんながこんなにがんばってくれてるのに、台無《だいな》しになっちゃう……。

「怖《こわ》かったら、顔《かお》を隠《かく》したまま奥《おく》に連《つ》れていくよ」

耳元《みみもと》で、そっと提案《ていあん》してくれたレオくん。

レオくんは……いつも私《わたし》を助《たす》けてくれる。

今《いま》も、無理《むり》に顔《かお》をあげろって言《い》わずに、私《わたし》の気持《きも》ちに寄《よ》り添《そ》ってくれる。

私《わたし》は……。

このまま、甘《あま》えたくない……。

おじいちゃん、おばあちゃん……。

**『愛《あい》、このメガネはどうしたの？』**

**『あ……私《わたし》の目《め》、気持《きも》ち悪《わる》いから……』**

**『あらま……どうしてそんなふうに思《おも》ってるの？　愛《あい》はとってもかわいいよぉ』**

**『そうだよ愛《あい》、愛《あい》は世界一《せかいいち》かわいいんだからなぁ』**

私《わたし》はゆっくりと、**顔《かお》をあげた。**

そのまま立《た》ち上《あ》がって、ぶつかった小《ちい》さい子《こ》のお母《かあ》さんと向《む》き合《あ》う。

「……まぁ……」

そのお母《かあ》さんは、私《わたし》の顔《かお》を見《み》て目《め》をぎょっと見開《みひら》いた。

「し、失礼《しつれい》しました……！　私《わたし》の不注意《ふちゅうい》でぶつかってしまって……」

「……そ、そんなそんな、こちらこそっ……息子《むすこ》が走《はし》り回《まわ》ったのが原因《げんいん》なので、ご迷惑《めいわく》おかけしてごめんなさいね……！　綺麗《きれい》なお顔《かお》に傷《きず》がつかなくて、よかったわぁ……」

優《やさ》しい人《ひと》で、よかったっ……。

「あ、そうだ、メガネも弁償《べんしょう》させて……！」

「いえ、伊達《だて》メガネで予備《よび》もあるので、大丈夫《だいじょうぶ》です……！　お気遣《きづか》いありがとうございます……！」

「ほんとにいいのかしら？」と心配《しんぱい》するお客《きゃく》さんに、もう一度《いちど》笑顔《えがお》で大丈夫《だいじょうぶ》ですと伝《つた》えた。

「ありがとうね、店員《てんいん》さん」

「いえ……！　ごゆっくりしていってください……！」

ふぅ……なんとか対応《たいおう》できたっ……。

「レオくん、ありがとう……！」

「…………」

あれ……？

レオくん……？

私《わたし》を見《み》たまま、固《かた》まっているレオくん。

まるで宇宙人《うちゅうじん》でも見《み》るような顔《かお》をしているレオくんを見《み》て、思《おも》わずうつむいた。

「ご、ごめんなさい……や、やっぱり……」

私《わたし》の顔《かお》が、気持《きも》ち悪《わる》かったのかもしれない……。

「ち、**違《ちが》う……！**」

すぐに否定《ひてい》してもらえたことに、内心《ないしん》ほっとする。

「そうじゃなくて……」

レオくんは顔《かお》を赤《あか》くしながら、私《わたし》から視線《しせん》をそらした。

「**かわいすぎて……びっくりした**」

……え？

予想外《よそうがい》の言葉《ことば》に、驚《おどろ》いて目《め》を見開《みひら》く。

かわいすぎて……？

れ、レオくんなりに励《はげ》まそうとしてくれてるのはわかるけど……お、お世辞《せじ》にもほどがある……。

普通《ふつう》はさらっと流《なが》すべきなんだろうけど、どう反応《はんのう》していいかわからなくて顔《かお》が熱《あつ》くなった。

よく見《み》ると……お客《きゃく》さんたちも、こっちを見《み》ながら顔《かお》を赤《あか》くしている。

「ねえ、あのキッチンの店員《てんいん》さん、めちゃくちゃかわいいんだけど……」

「ほんとだっ……ここのスタッフさん、綺麗《きれい》な人《ひと》しかいないの……!?」

「天使《てんし》みたい……」

なんだかすごく、視線《しせん》を感《かん》じる……。

や、やっぱり、落《お》ち着《つ》かないっ……。

「れ、レオくん、ちょっと予備《よび》のメガネとってきてもいい？」

「うん、お店《みせ》は任《まか》せて」

頼《たの》もしいレオくんにお礼《れい》を言《い》って、急《いそ》いで家《いえ》に続《つづ》くドアを開《あ》ける。

部屋《へや》から予備《よび》のメガネをとって、走《はし》ってお店《みせ》に戻《もど》った。

「お、お待《ま》たせ……！」

「愛《あい》、何《なに》かあったのか？」

お店《みせ》に戻《もど》ると、ミケくんとツキくんとロウくんが不思議《ふしぎ》そうに私《わたし》を見《み》てきた。

3人《にん》は接客中《せっきゃくちゅう》だったから、何《なに》があったのか知《し》らないみたい。

「う、ううん、もう大丈夫《だいじょうぶ》……！」

「そう？」

「何《なに》かあったら、いつでも、呼《よ》んで」

「ああ、困《こま》ったことがあればすぐ言《い》えよ」

「ありがとう……！」

みんなにお礼《れい》を言《い》って、私《わたし》はキッチンに戻《もど》った。

ふぅ……やっぱりメガネがあった方《ほう》が落《お》ち着《つ》くな……。

突然《とつぜん》のアクシンデントで焦《あせ》ったけど……引《ひ》き続《つづ》きがんばろう……！

# 26 メガネの下《した》の素顔《すがお》

「ロウ、これ4番卓《ばんたく》にお願《ねが》い」

順調《じゅんちょう》に注文《ちゅうもん》をさばききって、一息《ひといき》つく。

店内《てんない》も満席《まんせき》だし、追加《ついか》の注文《ちゅうもん》はないから、一旦《いったん》落《お》ち着《つ》くかな……。

**「きゃっ……」**

**――カシャンッ。**

ん……？　なんだ、今《いま》の音《おと》……。

ていうか今《いま》の声《こえ》、愛《あい》……？

手《て》を止《と》めて、急《いそ》いで声《こえ》がした方《ほう》を見《み》た。

そこには、床《ゆか》に座《すわ》り込《こ》んでいる愛《あい》の姿《すがた》が。

……っ、何《なに》があったんだ……！

「ちょっと、お店《みせ》の中《なか》で走《はし》っちゃダメって言《い》ったでしょ！　ごめんなさい店員《てんいん》さん……」

「だ、大丈夫《だいじょうぶ》です！」

「ほ、ほんとに大丈夫《だいじょうぶ》かしら？　どこか怪我《けが》をしてるんじゃ……」

走《はし》っていた子《こ》どもとぶつかって転《ころ》んでしまったのか、子《こ》どもの親《おや》が心配《しんぱい》そうに愛《あい》を見《み》ていた。

でも、ただ転《ころ》んだだけではなさそうで、動《うご》けなくなっている愛《あい》に駆《か》け寄《よ》る。

「愛《あい》……！　大丈夫《だいじょうぶ》？」

「う、うん、あの、メガネが……」

俺《おれ》は近《ちか》くに落《お》ちている、壊《こわ》れたメガネに気《き》づいた。

「……これは……」

愛《あい》のメガネ……。

割《わ》れたのか……？

うつむいたまま動《うご》けなくなっている愛《あい》を見《み》て、心配《しんぱい》でたまらなくなった。

**『私《わたし》、目《め》の色《いろ》がお父《とう》さん似《に》なの。それで、形《かたち》はお母《かあ》さん似《に》なんだ』**

**『その目《め》を見《み》てると、イライラするって言《い》われたの……。お母《かあ》さん、お父《とう》さんのことが嫌《きら》いだったから……』**

愛《あい》の言葉《ことば》を思《おも》い出《だ》して、胸《むね》が痛《いた》んだのと同時《どうじ》に怒《いか》りがよみがえってきた。

愛《あい》から聞《き》いた時《とき》は、失礼《しつれい》だけど愛《あい》の両親《りょうしん》の人格《じんかく》を疑《うたが》った。自分《じぶん》の娘《むすめ》に言《い》うことか……？　目《め》を見《み》ただけでイライラするなんて言《い》われた愛《あい》は、一体《いったい》どれだけ悲《かな》しかったんだろう。

その時《とき》にそばにいられなかった、自分《じぶん》にさえも怒《いか》りが込《こ》み上《あ》げた。

トラウマがあるから、愛《あい》は素顔《すがお》を見《み》られるのは嫌《いや》だろう。

「怖《こわ》かったら、顔《かお》を隠《かく》したまま奥《おく》に連《つ》れていくよ」

上着《うわぎ》を愛《あい》にかけて、抱《かか》えて家《いえ》につながるドアの奥《おく》に入《はい》ったら……うん、誰《だれ》にも見《み》られずにすみそうだ。

とにかく、ここから連《つ》れ去《さ》ってあげたい。

愛《あい》のことは……**俺《おれ》が守《まも》る**。

すぐに移動《いどう》しようと思《おも》ったけど、愛《あい》はゆっくりと首《くび》を振《ふ》った。

そのまま、ぷるぷると手《て》を震《ふる》わせながら、顔《かお》をあげた愛《あい》。

──**え？**

時《とき》が止《と》まったような錯覚《さっかく》に陥《おちい》る。

俺《おれ》だけじゃなくて、周《まわ》りにいた人《ひと》も全員《ぜんいん》、愛《あい》に釘付《くぎづ》けになっていた。

「……まぁ……」

ぶつかった子《こ》どものお母《かあ》さんは、思《おも》わずそんな声《こえ》をもらしていた。

ちょっと、待《ま》って……。

あまりにも綺麗《きれい》な素顔《すがお》を前《まえ》に、固《かた》まって動《うご》けなくなる。

そもそも愛《あい》はメガネをしていてもかわいいし、見《み》た目《め》なんて別《べつ》にどうだってよかった。

俺《おれ》は、愛《あい》の優《やさ》しい内面《ないめん》に惹《ひ》かれたんだ。

だけど、これは……想定外《そうていがい》すぎて……。

「し、失礼《しつれい》しました……！　私《わたし》の不注意《ふちゅうい》でぶつかってしまって……」

「……そ、そんなそんな、こちらこそっ……息子《むすこ》が走《はし》り回《まわ》ったのが原因《げんいん》なので、ご迷惑《めいわく》おかけしてごめんなさいね……！」

相手《あいて》に責任《せきにん》を感《かん》じさせないように、言葉《ことば》を選《えら》んで優《やさ》しく対応《たいおう》してる愛《あい》。

突然《とつぜん》の事態《じたい》で怖《こわ》かったと思《おも》うのに、きっとお客《きゃく》さんを困《こま》らせないようにって、勇気《ゆうき》を振《ふ》り絞《しぼ》ったんだろうな……。

愛《あい》は、いったいどこまで優《やさ》しいんだろう……。

「ありがとうね、店員《てんいん》さん」

「いえ……！　ごゆっくりしていってください……！」

一度見《いちどみ》たら忘《わす》れられなくなるほど綺麗《きれい》な愛《あい》の笑顔《えがお》に、お母《かあ》さんも思《おも》わず顔《かお》を赤《あか》くしていた。

愛《あい》だけが自分《じぶん》の笑顔《えがお》の破壊力《はかいりょく》に気《き》づいていないのか、ほっと安心《あんしん》した様子《ようす》で俺《おれ》を見《み》た。

「レオくん、ありがとう……！」

どうしよう……ダメかもしれない……。

かわいすぎて、**直視《ちょくし》できない**……。

「ご、ごめんなさい……や、やっぱり……」

悲《かな》しそうな愛《あい》を見《み》て、しまったと思《おも》った。

頭《あたま》が混乱《こんらん》して黙《だま》り込《こ》んでしまって、愛《あい》を不安《ふあん》にさせた……。

「ち、**違《ちが》う……！**」

すぐに否定《ひてい》して、なんて言《い》おうか言葉《ことば》を選《えら》ぶ。

「そうじゃなくて……**かわいすぎて……びっくりした**」

直球《ちょっきゅう》すぎたかもしれないけど、愛《あい》にはこのくらい素直《すなお》に言《い》った方《ほう》がいいと思《おも》う。

自分《じぶん》のかわいさを、自覚《じかく》してもらいたかった。

俺《おれ》の言葉《ことば》に、顔《かお》を真《ま》っ赤《か》にした愛《あい》。

ちょっと待《ま》って……ほんとにダメだ。

かわい、すぎる……。

よく見《み》ると……お客《きゃく》さんたちも、こっちを見《み》ながら顔《かお》を赤《あか》くしている。

「ねえ、あのキッチンの店員《てんいん》さん、めちゃくちゃかわいいんだけど……」

「ほんとだっ……ここのスタッフさん、綺麗《きれい》な人《ひと》しかいないの……!?」

「天使《てんし》みたい……」

愛《あい》も視線《しせん》に気《き》づいたのか、落《お》ち着《つ》かない様子《ようす》だった。

……かわいすぎて見《み》られてるってことには、気《き》づいてなさそうだけど。

「れ、レオくん、ちょっと予備《よび》のメガネとってきてもいい？」

「うん、お店《みせ》は任《まか》せて」

というか……俺《おれ》としてもとってきてもらった方《ほう》が、ありがたい。他《ほか》の人《ひと》に、見《み》せたくないから。

こんなにかわいいのに、鼻《はな》にかけるどころか謙虚《けんきょ》で優《やさ》しいなんて……本当《ほんとう》に純粋《じゅんすい》なんだろうな。

「お、お待《ま》たせ……！」

すぐに戻《もど》ってきた愛《あい》の顔《かお》には、いつものメガネが着《つ》けられていた。

「愛《あい》、何《なに》かあったのか？」

奥《おく》まで騒《さわ》ぎが聞《き》こえたのか、ミケたちが駆《か》け寄《よ》ってくる。

「う、ううん、もう大丈夫《だいじょうぶ》……！」

「そう？」

「何《なに》かあったら、いつでも、呼《よ》んで」

「ああ、困《こま》ったことがあればすぐ言《い》えよ」

「ありがとう……！」

もし他《ほか》のみんなが素顔《すがお》を知《し》ったら、好《す》きにならないか心配《しんぱい》だ……。

できることなら、誰《だれ》にも知《し》られたくない……。

自分《じぶん》の中《なか》に**こんな独占欲《どくせんよく》があったなんて……**。

自分自身《じぶんじしん》に呆《あき》れて、俺《おれ》は頭《あたま》を押《お》さえた。

# 27 まさかのお客《きゃく》さん？

夕方《ゆうがた》になって、ようやくずっと続《つづ》いていた注文《ちゅうもん》がストップする。

少《すこ》しお客《きゃく》さんの波《なみ》が落《お》ち着《つ》いたかな……。

閉店《へいてん》まであと1時間《じかん》……これ以上《いじょう》お客《きゃく》さんが来《く》ることはないだろうし……あと少《すこ》し、がんばろう！

きてくれたお客《きゃく》さん全員《ぜんいん》に、幸《しあわ》せな気持《きも》ちで帰《かえ》ってもらえるようにっ……！

――バタンッ！

入口《いりぐち》の扉《とびら》が乱暴《らんぼう》に開《ひら》いて、店内《てんない》の視線《しせん》が入《い》り口《ぐち》に集《あつ》まった。

ん……？　なんだろう……？

私《わたし》もキッチンから顔《かお》を出《だ》して、誰《だれ》が入《はい》ってきたのか確認《かくにん》する。

え……？

現《あらわ》れた人《ひと》の姿《すがた》を見《み》て、私《わたし》は目《め》を見開《みひら》いた。

「おい、愛《あい》！　笑《わら》ってやろうと思《おも》ってきたのに、なんだよこの状況《じょうきょう》……！」

こ、**コンくん**……？

私《わたし》に気《き》づいたコンくんが、ずかずかとこっちに近《ちか》づいてきた。

「なんでこんな辺鄙《へんぴ》な場所《ばしょ》に人《ひと》が集《あつ》まってんだ？」

いらだった様子《ようす》で私《わたし》を見《み》ているコンくんに、動揺《どうよう》して言葉《ことば》に詰《つ》まってしまう。

どうしよう……コンくん、何《なに》をしにきたんだろう……？

「お客《きゃく》さま、店内《てんない》で大《おお》きな声《こえ》を出《だ》すのはやめてください」

レオくん……。

コンくんと私《わたし》の間《あいだ》に立《た》ってくれたレオくんの背中《せなか》が、いつになく大《おお》きく見《み》えた。

「は……？　獣人《じゅうじん》……？　愛《あい》、お前《まえ》、俺以外《おれいがい》にも獣人《じゅうじん》の知《し》り合《あ》いがいたのか……？」

な、なんて説明《せつめい》すれば……。

みんなとは夏休《なつやす》みに入《はい》ってから知《し》り合《あ》ったから、知《し》り合《あ》いがいたって表現《ひょうげん》は間違《まちが》ってるけど……最近《さいきん》知《し》り合《あ》ったんだってわざわざ言《い》うのも……。

それに、コンくんには関係《かんけい》がないことだと思《おも》うのに、どうして聞《き》くんだろう……。

「犬《いぬ》のプレート……お前《まえ》、犬《いぬ》の獣人《じゅうじん》かよ」

レオくんを見《み》て、コンくんがはっと鼻《はな》で笑《わら》った。

「………」

「犬風情《いぬふぜい》が俺《おれ》に命令《めいれい》してんじゃねーぞ」

ひどいっ……。

「や、やめて！　レオくんにそんな言《い》い方《かた》しないで……！」

今度《こんど》は私《わたし》が、レオくんの前《まえ》に立《た》った。

コンくんをじっと見《み》つめると、うろたえたような表情《ひょうじょう》になった。

「……ちっ、なんだよ、いつもは言《い》い返《かえ》してこないくせに……そんなやつのことかばいやがって……」

「愛《あい》……」

いらだったコンくんの声《こえ》と、嬉《うれ》しそうなレオくんの声《こえ》が同時《どうじ》に聞《き》こえた。

レオくんは、いつも私《わたし》を守《まも》ってくれる。

私《わたし》だって、レオくんのことを守《まも》りたいっ……。

「愛《あい》、こいつ何《なに》？」

「嫌《いや》な匂《にお》い、する」

騒《さわ》ぎを聞《き》きつけたのか、ミケくんとツキくんがこっちに走《はし》ってきてくれた。

「はっ……犬《いぬ》に猫《ねこ》にうさぎか……愛《あい》、こんな下級《かきゅう》の獣人《じゅうじん》と連《つる》んで何《なに》やってんだよお前《まえ》」

下級《かきゅう》って……っ。

「コンくん、みんなにあやま――」

「おー、狐《きつね》の客《きゃく》か」

コンくんの後《うし》ろから、今度《こんど》はロウくんが現《あらわ》れた。

「……っ、お前《まえ》……」

ロウくんはにやりと口角《こうかく》を上《あ》げて、コンくんを見《み》ている。

「随分《ずいぶん》威張《いば》ってるが、**その耳《みみ》はそんな立派《りっぱ》なもんなのか？　あ？**」

そっか……。

たしか狼《おおかみ》って、獣人《じゅうじん》の中《なか》でも**二番《ばん》目《め》に優《ゆう》位《い》**だって聞《き》いたことがある……。

「中途半端《ちゅうとはんぱ》なやつほど、そうやって威張《いば》んだよな」

「……っ、黙《だま》れ」

「こっちのセリフだ。てめぇみたいな種族差別《しゅぞくさべつ》するやつが一番《いちばん》だせぇぞ」

悔《くや》しそうに歯《は》を食《く》いしばって、ロウくんを睨《にら》んでいるコンくん。

「ほら、**出口《でぐち》はあっちだ**」

「……。俺《おれ》は客《きゃく》だ」

え……？

「ほら、席《せき》に案内《あんない》しろよ」

ど、どうして帰《かえ》ってくれないのっ……？

コンくんの性格《せいかく》からして、からかわれたことに腹《はら》を立《た》てて怒《おこ》って帰《かえ》るはずなのに……。

「おい、案内《あんない》しろって言《い》ってるだろ」

「こ、こちらへどうぞ」

お客《きゃく》さんなら……無下《むげ》にするわけにはいかない。

「愛《あい》、こんなやつ案内《あんない》しなくてもいいよ」

「う、ううん、お客《きゃく》さんだから」

来《き》てくれた人《ひと》に笑顔《えがお》で帰《かえ》ってもらう。それがおばあちゃんの信条《しんじょう》だから……。

「ここでいい」

2人席《ふたりせき》に案内《あんない》しようと思《おも》ったけど、コンくんはなぜかカウンター席《せき》に座《すわ》った。

「ご、ご注文《ちゅうもん》は……」

「コーヒー」

「コーヒー？　えっと、ミルクと砂糖《さとう》は……」

「いらねーよ」

「え、でも……コンくん、苦《にが》いの苦手《にがて》じゃなかったっけ……？」

確《たし》か、いちごみるくが大好物《だいこうぶつ》で、苦《にが》いものや酸《す》っぱいものが嫌《きら》いだったはず……。

「い、いつの話《はなし》してんだよ。とっとともって来《こ》い！」

「は、はい……！」

ほ、他《ほか》のお客《きゃく》さんもいるし、できるだけ怒《おこ》らせないようにしないとっ……。

私《わたし》は逃《に》げるようにキッチンに戻《もど》った。

「れ、レオくん、コーヒーひとつお願《ねが》いします」

「うん……愛《あい》、あいつなに？」

じっとこっちを見《み》ているコンくんを見《み》て、レオくんが珍《めずら》しく怖《こわ》い顔《かお》をしている。

そ、そうだよね、みんなはコンくんが私《わたし》の幼《おさな》なじみって知《し》らないし……。

キッチンに入《はい》ってきたミケくんとツキくんとロウくんもみんな、コンくんを見《み》ながらしかめっつらになっていた。

「ずっとこっち見《み》てくるし……ムカつくな」

「イライラ、する」

「……あいつ、やっぱり追《お》い出《だ》してもいいか？」

み、みんなには、後《あと》でちゃんとコンくんのことを説明《せつめい》しようっ……。

「おい店員《てんいん》、客《きゃく》が呼《よ》んでるぞ」

不機嫌《ふきげん》な顔《かお》をしたコンくんが、みんなを睨《にら》んでいることに気《き》づいた。

ふ、不穏《ふおん》な空気《くうき》……。

「ご報告《ほうこく》ありがとうございます」

にっこりと効果音《こうかおん》がつきそうな笑顔《えがお》でこたえたレオくん。

め、目《め》が笑《わら》ってない……。

「他《ほか》の店員《てんいん》も、話《はな》してねーで働《はたら》けよ」

コンくんの言葉《ことば》に、ミケくんとロウくんがあからさまに不機嫌《ふきげん》になっていた。

普段《ふだん》ぼうっとしてるツキくんも、ぎりっと歯《は》を食《く》いしばっている。

と、止《と》めなきゃっ……。

「お、お客《きゃく》さま、コーヒーお待《ま》たせしましたっ……！」

一触即発《いっしょくそくはつ》の状態《じょうたい》を察知《さっち》して、慌《あわ》てて注文《ちゅうもん》を運《はこ》んだ。

テーブルに置《お》いたコーヒーカップを持《も》って、一口飲《くちの》んだコンくん。

「……まっず」

レオくんを見《み》て、べえっと舌《した》を出《だ》した。

「舌《した》がおこちゃまな人《ひと》には合《あ》わないかもしれませんね」

「てめぇ……」

「よ、よかったら砂糖《さとう》とミルクお持《も》ちしますっ……！」

「いらねーよ！　……つーか、ばあちゃんは？」

あ……そっか……。

町長《ちょうちょう》から聞《き》いているかもしれないと思《おも》ったけど、コンくんはおばあちゃんが入院《にゅういん》してること知《し》らないもんね……。

「実《じつ》は……倒《たお》れて、入院《にゅういん》してて……」

「は？　倒《たお》れた……？　**大丈夫《だいじょうぶ》なのかっ……？**」

え……？

心配《しんぱい》そうに私《わたし》を見《み》るコンくん。

その姿《すがた》が……一瞬《いっしゅん》、昔《むかし》の優《やさ》しかったコンくんに重《かさ》なった。

「う、うん……体調《たいちょう》も少《すこ》しずつよくなってるよ」

「……そうか」

ほっとしたように、息《いき》を吐《つ》いたコンくん。

おばあちゃんのこと……心配《しんぱい》してくれたのかな？

コンくんは昔《むかし》、よくこのカフェに来《き》てくれていたし、おばあちゃんとも仲《なか》が良《よ》かった。

おばあちゃんも、今《いま》もたまにコンくんのことを聞《き》いてくるし……きっと会《あ》いたいと思《おも》ってるだろうな……。

「つーか、どこの病院《びょういん》に……」

「お客《きゃく》さま、店員《てんいん》に話《はな》しかけるのはやめてください」

何《なに》か言《い》いかけたコンくんを見《み》て、レオくんがにっこり微笑《ほほえ》んだ。

「あ？　べつにいいだろーが」

「個人的《こじんてき》な話《はなし》はプライバシーの侵害《しんがい》にあたります」

「……っ、てめーこそ公私混同《こうしこんどう》してんじゃねーか！」

「こ、コンくん、落《お》ち着《つ》いてっ……」

お、お客《きゃく》さんが見《み》てるっ……！

その後《あと》も何度《なんど》も喧嘩《けんか》に発展《はってん》しそうになって、コンくんを止《と》めるのに必死《ひっし》だった。

# 28 俺《おれ》のもん

夏休《なつやす》み、つまんねーな……。

ベッドで横《よこ》になりながら、家《いえ》でひたすらだらだらする生活《せいかつ》。

学校《がっこう》のやつと遊《あそ》ぶのもつまんねーし、どこかにいくのも億劫《おっくう》。

早《はや》く、学校始《がっこうはじ》まれ……。

学校《がっこう》が好《す》きなわけではねーけど……学校《がっこう》にいけば、**あいつがいる。**

べ、べつに愛《あい》に会《あ》いたいとかではねーけど……!!

……って、待《ま》てよ。

学校《がっこう》じゃなくても……会《あ》おうと思《おも》えば、会《あ》えるじゃねーか。

愛《あい》は……いつもばあちゃんのカフェを手伝《てつだ》っている。

つまり、カフェに行《い》けば、愛《あい》がいるってことだ。

どうして気《き》づかなかったんだろう。俺《おれ》はすぐに用意《ようい》をして、家《いえ》を出《で》た。

どうせ今日《きょう》もガラガラだろうな……。

愛《あい》のばあちゃんが、ほとんど趣味《しゅみ》でやってるカフェ。

常連客《じょうれんきゃく》で成《な》り立《た》ってるし、いつ前《まえ》を通《とお》っても、ほとんど人《ひと》が入《はい》っていない。

店《みせ》に入《はい》るのは久《ひさ》しぶりだ……。

ばあちゃんも、元気《げんき》にしてっかな……。

……ん？　なんか、騒《さわ》がしくねーか……？

つーか……なんでこんなに人《ひと》がいるんだよ……！

窓《まど》の外《そと》から見《み》える店内《てんない》は、ほぼ満席状態《まんせきじょうたい》だった。

どうなってるんだ、これ……。


——バタンッ！


「おい、愛《あい》！　笑《わら》ってやろうと思《おも》ってきたのに、なんだよこの状況《じょうきょう》……！」

勢《いきお》いよく扉《とびら》を開《あ》けて、中《なか》に入《はい》る。

「なんでこんな辺鄙《へんぴ》な場所《ばしょ》に人《ひと》が集《あつ》まってんだ？」

キッチンの方《ほう》から、戸惑《とまど》っている愛《あい》が出《で》てきた。

ふん……元気《げんき》そうじゃねーか……。

「あ、あの……」

「お客《きゃく》さま、店内《てんない》で大《おお》きな声《こえ》を出《だ》すのはやめてください」

……突然《とつぜん》、愛《あい》をかばうように、俺《おれ》の前《まえ》に現《あらわ》れた男《おとこ》。

小綺麗《こぎれい》な顔《かお》をしたそいつの頭《あたま》を見《み》て、俺《おれ》は目《め》を見開《みひら》いた。

「は……？　獣人《じゅうじん》……？」

なんで獣人《じゅうじん》が、こんな場所《ばしょ》に……。

この町《まち》には、俺《おれ》の一族《いちぞく》しか獣人《じゅうじん》はいないはず……。

しかも、こいつが愛《あい》の家《いえ》にいるってことは……。

「愛《あい》、お前《まえ》、俺以外《おれいがい》にも獣人《じゅうじん》の知《し》り合《あ》いがいたのか……？」

……っ、聞《き》いてねーぞ……。

何《なに》も言《い》わず、じっと俺《おれ》を睨《にら》んでいるその男《おとこ》。

この威圧感《いあつかん》……こいつ、何《なに》もんだ……？

俺《おれ》は獣人《じゅうじん》だから、本能的《ほんのうてき》にわかってしまった。

こいつが、自分《じぶん》より上《うえ》ってこと。

なんの獣人《じゅうじん》だ……って、このプレート……。

「犬《いぬ》のプレート……お前《まえ》、犬《いぬ》の獣人《じゅうじん》かよ」

なんだよ、勘違《かんちが》いか……。犬《いぬ》は狐《きつね》よりも劣《おと》ってる。俺《おれ》の方《ほう》が上《うえ》だ。

「…………」

「犬風情《いぬふぜい》が俺《おれ》に命令《めいれい》してんじゃねーぞ」

「や、やめて！　レオくんにそんな言《い》い方《かた》しないで……！」

普段反抗《ふだんはんこう》しない愛《あい》が、犬《いぬ》をかばうようなことを言《い》ってきた。

なんでかばうんだよ……つーか、なんで俺《おれ》に隠《かく》れて、他《ほか》の獣人《じゅうじん》の知《し》り合《あ》いなんか作《つく》ってんだ……。

「愛《あい》……」

愛《あい》にかばわれて、嬉《うれ》しそうな顔《かお》をしている犬《いぬ》。その表情《ひょうじょう》を見《み》て、歯《は》を食《く》いしばった。

「愛《あい》、こいつ何《なに》？」

「嫌《いや》な匂《にお》い、する」

は……？　まだいるのか……？

後《うし》ろから現《あらわ》れた、ふたりの獣人《じゅうじん》。

「はっ……犬《いぬ》に猫《ねこ》にうさぎか……愛《あい》、こんな下級《かきゅう》の獣人《じゅうじん》と連《つる》んで何《なに》やってんだよお前《まえ》」

猫《ねこ》とうさぎは、例外《れいがい》もあるけど犬《いぬ》と同《おな》じく狐《きつね》よりも劣《おと》ってる。

いくら俺《おれ》以外《いがい》の獣人《じゅうじん》の知《し》り合《あ》いがいたとしても、俺《おれ》が一番上《いちばんうえ》だ。

だから、こんなやつらと連《つる》まなくても……。

「コンくん、みんなにあやまー──」

「おー、狐《きつね》の客《きゃく》か」

──ゾクっと、全身《ぜんしん》に鳥肌《とりはだ》が立《た》った。

「……っ、お前《まえ》……」

振《ふ》り返《かえ》った先《さき》に立《た》っていたのは……俺《おれ》を見《み》て不敵《ふてき》に微笑《ほほえ》む狼《おおかみ》の獣人《じゅうじん》。

なんで、くそ狼《おおかみ》がいやがる……。

狐《きつね》の一番《いちばん》の天敵《てんてき》で、種族的《しゅぞくてき》にも敵《かな》わない相手《あいて》。

「随分威張《ずいぶんいば》ってるが、**その耳《みみ》はそんな立派《りっぱ》なもんなのか？　あ？**」

マジで、なんでこんなやつらが愛《あい》の家《いえ》のカフェにいるんだ……っ。

「中途半端《ちゅうとはんぱ》なやつほど、そうやって威張《いば》んだよな」

「……っ、黙《だま》れ」

「こっちのセリフだ。てめぇみたいな種族差別《しゅぞくさべつ》するやつが一番《いちばん》だせぇぞ」

うるせーな……っ。

狼《おおかみ》に言《い》われて、何《なに》も言《い》い返《かえ》せなくなる。

「ほら、**出口《でぐち》はあっちだ**」

俺《おれ》のことを追《お》い返《かえ》そうとしているやつらに腹《はら》が立《た》って、拳《こぶし》をにぎった。

「……。俺《おれ》は客《きゃく》だ」

誰《だれ》が大人《おとな》しく帰《かえ》るかよ……。

「ほら、席《せき》に案内《あんない》しろよ」

愛《あい》はどうするべきか戸惑《とまど》っていたけど、大人《おとな》しく俺《おれ》を席《せき》に案内《あんない》した。


くそまずいコーヒーを飲《の》みながら、キッチンにいる愛《あい》と犬《いぬ》を見《み》る。

「愛《あい》、ラストオーダー終《お》わったよ」

「ありがとうレオくん！」

ちっ……他《ほか》の男《おとこ》に、何《なに》へらへら笑《わら》ってんだよ……。

イライラして、歯《は》ぎしりが止《と》まらない。

「愛《あい》の方《ほう》こそお疲《つか》れ様《さま》。疲《つか》れてない？　大丈夫《だいじょうぶ》？」

「うん、まだまだ元気《げんき》だよ！」

「ふふっ、かわいい」

「え？　か、かわっ……」

――**ドンッ!!**

我慢《がまん》ならなくて、思《おも》わずテーブルを叩《たた》いた。

この犬《いぬ》……何言《なにい》ってやがるマジで……！

愛《あい》がかわいいことなんか……**俺《おれ》が一番知《いちばんし》ってんだよ……!!**

って、ちげー!!

「おい、サボってんじゃねーぞ！」

ふたりに向《む》かってそういうと、犬《いぬ》が呆《あき》れた顔《かお》をした。

「愛《あい》、後少《あとすこ》しで閉店時間《へいてんじかん》だから、がんばろうね」

～っ、ムカつく……！

この犬野郎《いぬやろう》、あからさまに愛《あい》に気《き》があるだろ……好意《こうい》ダダ漏《も》れだし……。

愛《あい》も、照《て》れてんじゃねーよ……！

なんでカフェに獣人《じゅうじん》がいんのかもわかんねーし、この犬《いぬ》が愛《あい》に親《した》しげなのもすっげー腹《はら》がたつ……。
俺《おれ》は犬《いぬ》を睨《にら》みながら、舌打《したう》ちをした。
こんなやつに、渡《わた》してたまるか……。
愛《あい》は——**俺《おれ》のもんだ。**

## 29 ロミオとジュリエット

「お客《きゃく》さま、**閉店時間《へいてんじかん》です**」

レオくんがにっこり笑顔《えがお》で、コンくんに伝《つた》えた。

「ちっ……」

コンくんはうっとうしそうに舌打《したう》ちしているけど、私《わたし》は涙《なみだ》が出《で》そうなほど嬉《うれ》しかった。

や、やっと閉店時間《へいてんじかん》……っ、疲《つか》れた……。

コンくんが来《き》てからまだ1時間《じかん》くらいしか経《た》っていないけど、何時間《なんじかん》も経《た》ったような気《き》がする……。

「**……また来《く》るからな**」

えっ……。

「ま、また？」

衝撃《しょうげき》の発言《はつげん》に、思《おも》わず心《こころ》の声《こえ》が口《くち》に出《で》てしまった。

「喜《よろこ》べ、夏休《なつやす》み中《ちゅう》**毎日《まいにち》来《き》てやるよ**」

ま、毎日《まいにち》っ……!?

どうしよう……こんなのが毎日続《まいにちつづ》いたら……どうにかなっちゃうよっ……。

「なんだよ、文句《もんく》あんのか？」

ひっ……。

「い、いえっ……あ、ありがとうございました……」

なんとか笑顔《えがお》を貼《は》り付《つ》けて、コンくんを見送《みおく》った。

お店《みせ》の扉《とびら》が閉《し》まって、はぁぁ……と盛大《せいだい》なため息《いき》を吐《つ》く。

お願《ねが》いだから……もう来《こ》ないでほしい……。

お客《きゃく》さま相手《あいて》にこんなことを思《おも》うのは失礼《しつれい》だけど……コンくんはお客《きゃく》さま以前《いぜん》に、私《わたし》にとっては嫌《いや》がらせしてくる天敵《てんてき》のような相手《あいて》だから……。

「愛《あい》、あいつ誰《だれ》？」

あっ……そ、そうだ、みんなにも説明《せつめい》しないと……。

振《ふ》り向《む》くと、レオくんだけじゃなくて全員《ぜんいん》が私《わたし》を見《み》ていた。

みんなじっと眉間《みけん》にしわを寄《よ》せて、怖《こわ》い顔《かお》をしている。

「マジでめんどくさかったぞ、あいつ……！」

「俺《おれ》、ああいうやつ、嫌《きら》い」

「……何《なに》もかも気《き》に入《い》らねぇやつだったな」

コンくん、みんなにすっかり嫌《きら》われたみたいだっ……。

「あ、あの男《おとこ》の子《こ》は……町長《ちょうちょう》のお孫《まご》さんなの。えっと……クラスメイトで、幼《おさ》なじみにな
るのかな……」

「クラスメイト？」

「幼《おさ》なじみ……!?」

「あいつと、仲《なか》いいの？」

「いや……どう考《かんが》えても愛《あい》の対応《たいおう》からして、仲良《なかよ》くはねぇだろ」

ろ、ロウくんにはバレてたみたいだ……。

「えっと……仲良《なかよ》くはなくて……というかむしろ、**嫌《きら》われてて……**」

正直《しょうじき》に伝《つた》えると、みんなは困《こま》った顔《かお》をした。

「嫌《きら》われてる……？　いや、あれはあからさまに**独占欲丸出《どくせんよくまるだ》し**だったじゃん……」

独占欲《どくせんよく》……？

「ミケの言《い》う通《とお》りだ。まんま**好《す》きなやついじめるくそガキ**じゃねぇか」

す、好《す》きな子《こ》？

「そ、それは絶対《ぜったい》にないよ……！　断言《だんげん》できる……」

「どうして？」

レオくんの言葉《ことば》に、私《わたし》は昔《むかし》のことを思《おも》い出《だ》した。

誤解《ごかい》を解《と》くために……話《はな》しておこうかな……。

「実《じつ》は……小学校《しょうがっこう》3年《ねん》の時《とき》までは、仲良《なかよ》くしてくれて……」

私《わたし》は昔《むかし》のことを、みんなに話《はな》した。

あれは……まだ私《わたし》がこっちにきて間《ま》もない頃《ころ》。

『お前《まえ》、動物好《どうぶつす》きなの？』

コンくんは女《おんな》の子《こ》が苦手《にがて》だったけど、なぜか私《わたし》とだけは仲良《なかよ》くしてくれていた。

ふたりで小学校《しょうがっこう》の動物《どうぶつ》の飼育係《しいくがかり》になって、いつの間《ま》にか学校以外《がっこういがい》でも一緒《いっしょ》に過《す》ごすようになって……私《わたし》たちはいつも一緒《いっしょ》にいた。

『愛《あい》、遊《あそ》ぼうぜ』

『コンくん、毎日私《まいにちわたし》と遊《あそ》んでていいの？　友達《ともだち》いっぱいいるのに……』

『いいんだよ、俺《おれ》は愛《あい》といるのが一番楽《いちばんたの》しいから』

優《やさ》しくて頼《たの》もしくて、私《わたし》とは正反対《せいはんたい》のコンくんが、私《わたし》にはすごくキラキラして見《み》えた。

コンくんのことが――大好《だいす》きだったんだ。

だけど……。


――バンッ!!

カフェのお手伝《てつだ》いをしていた日《ひ》、突然入《とつぜんはい》ってきたおじさん。

それが……町長《ちょうちょう》、コンくんのおじいちゃんだった。

『おい……お前《まえ》たちの孫《まご》が、わしの孫《まご》をたぶらかしていると聞《き》いたぞ』

たぶらかす……？

『言《い》いがかりはやめてくれ。子《こ》ども同士《どうし》が仲良《なかよ》く遊《あそ》んでいるだけじゃないか』

『黙《だま》れ！　お前《まえ》たちの孫《まご》がわしの孫《まご》に近《ちか》づいてるってだけで反吐《へど》がでそうだ！　金輪際《こんりんざい》、わしの孫《まご》に近《ちか》づくんじゃないぞ！』

おじいちゃんとおばあちゃんは私《わたし》のことをかばってくれたけど、町長《ちょうちょう》はひたすら私《わたし》にコンくんに近《ちか》づくなって言《い》ってきた。

『ど、どうしてコンくんと仲良《なかよ》くしたらダメなんですか……』

『わしの家《いえ》とお前《まえ》の家《いえ》には因縁《いんねん》があるんだ！　お前《まえ》のせいで、コンが家族《かぞく》と仲《なか》が悪《わる》くなってもいいのか……！』

コンくんが、家族《かぞく》と仲《なか》が悪《わる》くなっちゃう……？

そ、それは、**絶対《ぜったい》にダメだ**……。

だって……コンくんのお家《うち》は、私《わたし》の家《いえ》と違《ちが》って仲良《なかよ》しだから。

私《わたし》はコンくんのお父《とう》さんとお母《かあ》さんも知《し》っているし、３人《にん》が仲良《なかよ》しなのも知《し》ってる。

コンくんはお父《とう》さんとお母《かあ》さんのことが大好《だいす》きだし、ドラマに出《で》てくるような理想的《りそうてき》な家族《かぞく》だった。

それを私《わたし》が壊《こわ》すなんて、絶対《ぜったい》に嫌《いや》だ……。

次《つぎ》の日《ひ》、いつものようにコンくんが私《わたし》の家《いえ》に来《き》て、遊《あそ》ぼうと誘《さそ》ってくれた。

『**愛《あい》、どうしたんだよ、元気《げんき》ないな**』

『**え……そ、そんなことないよ……！**』

ちゃんと、言《い》わなきゃ……。

『**あ、あのね……コンくんに、話《はな》したいことがあるの**』

『話《はなし》？』
『うん』
『……実《じつ》は、俺《おれ》も今日《きょう》、愛《あい》に言《い》いたいことがあったんだ』
『え……？』
コンくんは照《て》れ臭《くさ》そうに頰《ほお》を触《さわ》って、私《わたし》を見《み》た。
『その……お、俺《おれ》、愛《あい》といるのが、一番楽《いちばんたの》しい』
そんなの……私《わたし》だって……。
『そ、それでさ……ちゃんと、言《い》おうと思《おも》って……』
いつになく真剣《しんけん》な顔《かお》で、口《くち》を開《ひら》いたコンくん。
『愛《あい》……お、俺《おれ》と、結婚《けっこん》してくれ』

『……え？』

『い、いや、結婚《けっこん》っていうか……こ、恋人《こいびと》っていうか……その……と、とにかく、お前《まえ》が好《す》きなんだ。ずっと一緒《いっしょ》にいたい……！』

あの時《とき》……本当《ほんとう》は、すごく嬉《うれ》しかったんだ。

大好《だいす》きなコンくんと両思《りょうおも》いだってわかって、ほんとにほんとに嬉《うれ》しかった。

でも……。

『……ご、ごめんなさい』

──コンくんには、大事《だいじ》な家族《かぞく》がいるから。

私《わたし》がそれを、壊《こわ》したらダメだ……。

『わ、私《わたし》はコンくんのこと……好《す》きじゃ、ない……』

私《わたし》のところはもう壊《こわ》れちゃったから……コンくんには、ずっと家族《かぞく》と幸《しあわ》せでいてほしい。

『……っ』

あの時《とき》のコンくんの顔《かお》が、今《いま》でも忘《わす》れられない。

コンくんは泣《な》きそうな顔《かお》で歯《は》を食《く》いしばって、そのまま何《なに》も言《い》わずに私《わたし》の前《まえ》から去《さ》っていった。

# 30 恋《こい》は一方通行《いっぽうつうこう》

それから……1年《ねん》くらい、コンくんと一切口《いっさいくち》を利《き》かなかった。

コンくんは徹底的《てっていてき》に私《わたし》のことを避《さ》けていたし、私《わたし》もコンくんのおじいちゃんに言《い》われていたから、自分《じぶん》からコンくんに話《はな》しかけることはなかった。

だけど、1年《ねん》が過《す》ぎた頃《ころ》から、コンくんが私《わたし》に意地悪《いじわる》なことを言《い》ってくるようになって……それから、今《いま》もずっとコンくんは私《わたし》の顔《かお》を見《み》るたびに嫌味《いやみ》を言《い》ってくる。

「そういうことがあって……コンくんには、嫌《きら》われてるんだ」

きっとコンくんは、世界《せかい》で一番《いちばん》私《わたし》のことが嫌《きら》いなんじゃないかなと思《おも》う。

私《わたし》の話《はなし》を聞《き》いたみんなは、何《なに》やらこそこそと話《はな》しはじめた。

「いや、あれは確実《かくじつ》に**未練《みれん》たらたら**でしょ……」

「あんな**あかさらまにアピール**されて気《き》づかないとか、ある？」

「愛《あい》、**鈍感《どんかん》**、すぎ」

「…………」

「みんな……？」

ひとりだけ黙《だま》っていたレオくんが、私《わたし》を見《み》て微笑《ほほえ》んだ。

「大丈夫《だいじょうぶ》だよ。今後《こんご》あいつが来《き》ても、無視《むし》したらいいから」

あはは……さ、さすがに無視《むし》は難《むずか》しいけど……心配《しんぱい》してくれてるんだろうな。

コンくん、ほんとに明日《あした》も来《く》るのかな……。

そんな嫌《いや》がらせをするほど私《わたし》のことが嫌《きら》いなのはわかるけど……できれば会《あ》いたくないな……。

私《わたし》の中《なか》には今《いま》でも、優《やさ》しかった頃《ころ》のコンくんの思《おも》い出《で》があるから……コンくんに嫌《いや》なことを言《い》われるたびに、私《わたし》の中《なか》の優《やさ》しいコンくんが薄《うす》れてしまう。

今《いま》はもう、コンくんのことが好《す》きな気持《きも》ちはなくなったけど……優《やさ》しかったコンくんを忘《わす》れたくはない。

はぁ……考《かんが》えるだけで気持《きも》ちが落《お》ち込《こ》んでしまいそうだから……コンくんのことはもう、考《かんが》えないでおこう。

コンくんをあんなふうにしてしまったのは、私《わたし》のせいでもあるんだから……。

ケモカフェの営業《えいぎょう》4日目《かめ》。

朝《あさ》から途切《とぎ》れることなく注文《ちゅうもん》が入《はい》っていて、キッチンでひたすら料理《りょうり》を作《つく》り続《つづ》ける。

大変《たいへん》だけど……少《すこ》し慣《な》れてきたかもしれないっ……。

「今日《きょう》も大忙《おおいそが》しだね」

「うんっ……」

後《うし》ろでドリンクを作《つく》ってくれているレオくんに、笑顔《えがお》でうなずく。

レオくんも笑《え》みを浮《う》かべているけど、何《なに》かに気《き》づいた瞬間《しゅんかん》、表情《ひょうじょう》が一変《いっぺん》した。

「……ちっ、あいつ、**また来《き》てる**……」

あいつ……？　あっ……。

思《おも》い当《あ》たる人物《じんぶつ》がひとりだけいて、私《わたし》も店内《てんない》を見《み》る。

や、やっぱり……**コンくんだっ**……。

『**喜《よろこ》べ、夏休《なつやす》み中毎日《ちゅうまいにち》来《き》てやるよ**』

あれ、本気《ほんき》なのかな……。

みんなコンくんが来《き》たことには気《き》づいているけど、一向《いっこう》に案内《あんない》しようとはしない。

無視《むし》されているコンくんを見《み》て、苦笑《にがわら》いしてしまった。

コンくんは気《き》にすることなく、すたすたとカウンターのほうにやってくる。

「おい、来《き》てやったぞ」

「い、いらっしゃいませ」

か、カウンター席《せき》が気《き》に入《い》ったのかな……。

昨日《きのう》、ここに座《すわ》って監視《かんし》するように私《わたし》を見《み》ていたから、できれば離《はな》れた席《せき》に座《すわ》ってほしい……。

「お客《きゃく》さま、テーブル席《せき》が空《あ》いているのであちらへどうぞ」

レオくんが、にっこりと微笑《ほほえ》みながらコンくんにそう言《い》ってくれた。

わ、私《わたし》の心《こころ》の声《こえ》が聞《き》こえたのかなっ……。

「ふんっ、空《あ》いてるんだからどこ座《すわ》ってもいいだろ」

「……ご注文《ちゅうもん》は？」

語尾《ごび》に怒《いか》りマークがつきそうな勢《いきお》いで、レオくんが聞《き》いた。
レ、レオくん、すごく怒《おこ》ってるっ……。
「……カレーとコーヒー」

「かしこまりました。何《なに》かあれば〝キッチン担当者《たんとうしゃ》〟ではなく、〝**接客《せっきゃく》スタッフ**〟の方《ほう》にお声《こえ》がけくださいね？」

あ、圧《あつ》がすごいっ……。

でも、レオくんなりにコンくんから私《わたし》をかばおうとしてくれてるんだってわかるから、心《こころ》の中《なか》で感謝《かんしゃ》した。

「おい……お前《まえ》、**本当《ほんとう》に犬《いぬ》か……？**」

え……？

「その威嚇《いかく》、犬《いぬ》ってより、ラ……」

「**俺《おれ》は正真正銘《しょうしんしょうめい》、犬《いぬ》の獣人《じゅうじん》です**」

にっこりと笑《わら》って答《こた》えたレオくん。

今《いま》コンくんはなにを言《い》いかけたんだろう……？

気《き》になったけど、レオくんの圧《あつ》にやられてコンくんはそれ以上《いじょう》なにも言《い》わなかった。

コンくんって、ミケくんとツキくんには少《すこ》し強気《つよき》だけど、ロウくんとレオくんには気圧《けお》されてる気《き》がする……。

獣人《じゅうじん》に階級《かいきゅう》があることは知《し》っているし、狐《きつね》のコンくんにとって狼《おおかみ》のロウくんが天敵《てんてき》なのもわかるけど、レオくんは……？

犬《いぬ》と狐《きつね》って、何《なに》かあったっけ……？

「おい、何見《なにみ》てんだよ」

あ……いけない、ぼーっとしちゃってたっ……。

油断《ゆだん》していた時《とき》にコンくんに声《こえ》をかけられて、ハッと我《われ》にかえる。

「す、すみません……」

「ちっ、謝《あやま》ってんじゃねーよ」

な、何《なに》をしても怒《おこ》られる……ど、どうすればいいんだろうっ……。

と、とにかく、もうすぐ閉店時間《へいてんじかん》だから、残《のこ》り後少《あとすこ》しがんばろうっ……。

# 31 モヤモヤ

「ありがとう、ございました」

客《きゃく》を見送《みおく》って、ゆっくりと振《ふ》り返《かえ》る。

カウンターにいる男《おとこ》を、俺《おれ》はじっと見《み》つめた。

……まだ、いる……。

昨日《きのう》から夕方《ゆうがた》ごろに現《あらわ》れては、カウンター席《せき》に座《すわ》って愛《あい》のことをじっと見《み》ている男《おとこ》。

愛《あい》の幼《おさな》なじみらしいけど、愛《あい》に横暴《おうぼう》な態度《たいど》をとっていて、俺《おれ》たちのことも見下《みくだ》してくる。

べつに、馬鹿《ばか》にされるのはいい。

でも……**愛《あい》への態度《たいど》が許《ゆる》せなかった。**

「おい、コーヒーもう1杯《ぱい》」

キッチンにいる愛《あい》に、そう言《い》った狐《きつね》。

おいってなんだよ……言《い》い方《かた》があるだろ。

この俺様《おれさま》な態度《たいど》……俺《おれ》はこういう、獣人《じゅうじん》ってだけで偉《えら》いと思《おも》っているやつが一番嫌《いちばんきら》いだ。

恩恵《おんけい》を受《う》けようとして獣人《じゅうじん》に群《むら》がってくる人間《にんげん》より、よっぽどやっかい。

俺《おれ》だけじゃなくて、レオとミケとロウも狐《きつね》のことを嫌《きら》っているから、監視《かんし》するように注《ちゅう》意深《いぶか》く見《み》ていた。

特《とく》にレオは、あからさまにこいつが来《く》ると機嫌《きげん》が悪《わる》くなっている。

愛《あい》は気《き》づいてないけど、ずっと威嚇《いかく》してるし……レオも相当愛《そうとうあい》のことが好《す》きなんだろうな。

この男《おとこ》も……。

「あと……このパンケーキも」

「なんの柄《がら》がいい？」

「柄《がら》なんかいらねーよ。他《ほか》のやつのマークとか……」

愛《あい》への想《おも》いをこじらせてるみたいだけど。

「え？」

「何《なん》もねー！　とっとと作《つく》れ！」

「は、はいっ……！」

急《いそ》いで用意《ようい》をしようとした愛《あい》が、棚《たな》を開《あ》けて「あっ」と声《こえ》をあげた。

「小麦粉《こむぎこ》がもうない……レオくん、ちょっと倉庫《そうこ》に行《い》ってくるね」

「俺《おれ》が行《い》こうか？」

「ううん、大丈夫《だいじょうぶ》だよ！　ありがとう！」

ふたりを見《み》ながら、ぎりぎりと歯《は》ぎしりしている狐《きつね》。

愛《あい》に未練《みれん》ったらしく片想《かたおも》いしてるんだろうけど……レオには敵《かな》わないから、とっとと諦《あきら》めた方《ほう》がいい。

レオは、誰《だれ》が見《み》ても完璧《かんぺき》なやつだ。

勉強《べんきょう》も、スポーツも、できないことは何《なに》もないし、見《み》た目《め》だってレオ以上《いじょう》にかっこいいやつは見《み》たことがない。

誰《だれ》もが知《し》ってる名家《めいか》の一人息子《ひとりむすこ》だし、それに、種族《しゅぞく》だって……。

——**狐《きつね》なんか、到底及《とうていおよ》ばない。**

この世《よ》にレオに勝《か》てるやつなんていないと思《おも》うほど、**完全無欠《かんぜんむけつ》な男《おとこ》。**

ライバルがレオなら、狐《きつね》に勝《か》ち目《め》はない。

「ねえ、あの店員《てんいん》さんってなんなんだろ？」

「女《おんな》の子《こ》だよね？　かっこいい店員《てんいん》さんに囲《かこ》まれてうらやましいな～」

愛《あい》が倉庫《そうこ》に行《い》くために店《みせ》を出《で》ていくと、近《ちか》くにいた客《きゃく》が話《はな》しはじめた。

「もしかして、誰《だれ》かの恋人《こいびと》とか？」

「えー、それはないでしょ、全然《ぜんぜん》かわいくないもん」

きゃははと下品《げひん》な笑《わら》い方《かた》をするその女子《じょし》たちに、イライラした。

かわいくない……？

愛《あい》は……。

「あ？　**世界一《せかいいち》かわいいだろーが!!**」

店内《てんない》に響《ひび》いた、狐《きつね》の声《こえ》。

咄嗟《とっさ》に口《くち》から出《で》た言葉《ことば》だったのか、なぜか本人《ほんにん》が一番驚《いちばんおどろ》いた顔《かお》をしていた。

——**パタンッ**。

「戻《もど》りました……って、あれ……？」

倉庫《そうこ》から戻《もど》ってきた小麦粉《こむぎこ》を持《も》った愛《あい》は、静《しず》まり返《かえ》っている店内《てんない》を見《み》て不思議《ふしぎ》そうに首《くび》をかしげていた。

「あれ……な、何《なに》かあったの……？」

「な、何《なん》もねーよ！　早《はや》く作《つく》れ！」

「は、はいっ……！」

……こいつ……。

もしかして……俺《おれ》たちが思《おも》ってる以上《いじょう》に、**愛《あい》のこと好《す》きかも……**。

レオも気《き》づいたのか、ぴくりと眉《まゆ》をひそめたのが見《み》えた。

何《なに》があったのかひとりだけわかっていない愛《あい》は、急《いそ》いでパンケーキを作《つく》りはじめた。

いくらなんでも……こじらせすぎ……。

ていうか……**今俺《いまおれ》も、愛《あい》のことかわいいって思《おも》った……？**

そんなこと、彼女《かのじょ》にしか思《おも》ったことなかったのに……。

5年前《ねんまえ》、この森《もり》で会《あ》った女《おんな》の子《こ》。

俺《おれ》にとっては忘《わす》れられない、初恋《はつこい》の相手《あいて》。

今《いま》も時間《じかん》を見《み》つけてはさがしているけど、彼女《かのじょ》の行方《ゆくえ》は全《まった》くわからない。

昔《むかし》から女子《じょし》は苦手《にがて》で、彼女《かのじょ》だけが好《す》きだったけど……愛《あい》のこともかわいいと思《おも》ってることに、今初《いまはじ》めて気《き》づいた。

好《す》きな相手《あいて》がいるのに、他《ほか》の子《こ》のこともかわいいと思《おも》うなんて……これじゃあ、**浮気《うわき》みたいだ……**。

よくないと思《おも》いながらも、しつこく狐《きつね》に声《こえ》をかけられている愛《あい》を見《み》て、もやもやした感《かん》情《じょう》が消《き》えなかった。

## 32 トラブルは続《つづ》く

口《くち》コミの効果《こうか》もあり、カフェは大盛況《だいせいきょう》で、予約《よやく》は満席《まんせき》、お店《みせ》には朝《あさ》から行列《ぎょうれつ》ができていた。

連日《れんじつ》へとへとになるくらいの忙《いそが》しさだけど、やりがいを感《かん》じながらノルマ達成《たっせい》に向《む》けてがんばっていた。

今日《きょう》も朝《あさ》から早起《はやお》きして、開店準備《かいてんじゅんび》をする。

「愛《あい》、今日《きょう》、**ノルマクリア、できるかも**」

キッチンで仕込《しこ》みをしていた時《とき》、ツキくんが報告《ほうこく》に来《き》てくれて、私《わたし》は目《め》を輝《かがや》かせた。

「えっ……まだ5日目《かめ》なのに……!?」

「がんばれば、今日中《きょうじゅう》にできる。がんばれる？」

「うん！　もちろん……！」

よーし、さらにやる気《き》がわいてきた……！

体力《たいりょく》を出《だ》し切《き》る勢《いきお》いでがんばろう……！

「愛《あい》、食材届《しょくざいとど》いたぜ！」

配達員《はいたついん》さんから受《う》け取《と》った段《だん》ボールを持《も》ってきてくれたミケくんに、「ありがとう」とお礼《れい》を言《い》う。

「なに頼《たの》んだんだ？」

「小麦粉《こむぎこ》！　スーパーで買《か》うよりも、業者《ぎょうしゃ》さんに発注《はっちゅう》したほうが安《やす》かったの」

早速《さっそく》パンケーキのタネを作《つく》ろうと、食材《しょくざい》が入《はい》っている段《だん》ボールを開《あ》けた時《とき》だった。

「あれ……？」

小麦粉《こむぎこ》が入《はい》っているはずの箱《はこ》に、**砂糖《さとう》がずらっと並《なら》んでいる。**

「……小麦粉《こむぎこ》頼《たの》んだんだよな？」

「う、うん……」

ど、どうしよう……。

「小麦粉《こむぎこ》、もうほとんど在庫《ざいこ》がなくて……今《いま》からスーパーに買《か》いに行《い》っても、開店時間《かいてんじかん》に間《ま》に合《あ》わない……」

小麦粉《こむぎこ》を使《つか》うメニューがたくさんあるのに……全部作《ぜんぶつく》れない……。

「梱包《こんぽう》ミスかよ……ちっ」

中《なか》に入《はい》っている明細書《めいさいしょ》には小麦粉《こむぎこ》って書《か》いてあるから、確《たし》かに梱包《こんぽう》ミスだと思《おも》うけど、高《たか》いからって在庫《ざいこ》を置《お》いてなかった私《わたし》にも原因《げんいん》がある……。

「……俺《おれ》が買《か》いに行《い》ってくる」

そう言《い》って、エプロンを脱《ぬ》いだロウくん。

「……走《はし》ったら、1時間《じかん》で戻《もど》れると思《おも》う」

「い、1時間《じかん》!? 結構《けっこう》な距離《きょり》だし、それは無理《むり》だと思《おも》うっ……」

スーパーまでは、バスで往復《おうふく》1時間《じかん》かかる。それに、バスの本数《ほんすう》が少《すく》ないから……場合《ばあい》によっては2時間以上《じかんいじょう》かかるんだ。

ロウくんはいつも買《か》い出《だ》しに行《い》ってくれていたから、道《みち》は知《し》っているはずだけど……走《はし》っていくのも大変《たいへん》な距離《きょり》なのに、1時間《じかん》なんて……。

「大丈夫《だいじょうぶ》、ロウはこの中《なか》で一番足《いちばんあし》が速《はや》いから」

レオくんの言葉《ことば》に、ロウくんは顔《かお》をしかめた。

「……お前《まえ》が言《い》うな。とにかく、できるだけ急《いそ》いで行《い》ってくる。それまで、なんとかなるか？」

ロウくん……。

……私《わたし》も、諦《あきら》めたらダメだよね。

「ありがとう……！　なんとかする！」

「……じゃあ、店《みせ》は任《まか》せる」

ロウくんはふっと笑《わら》って、お店《みせ》を飛《と》び出《だ》していった。

「どうする？　他《ほか》に代用品《だいようひん》とか……」

「小麦粉《こむぎこ》の代用《だいよう》、できるの？」

「一旦作《いったんつく》れないメニューはオーダーストップするとか……？」

案《あん》を考《かんが》えてくれるみんなを見《み》て、口《くち》を開《ひら》いた。

「**お米《こめ》で代用《だいよう》する**」

「お米《こめ》？」

「うん……！」

急《いそ》いでミキサーとお米《こめ》を出《だ》して、私《わたし》は準備《じゅんび》を始《はじ》めた。

「米《こめ》って……そ、それでできるのか？」

不安《ふあん》そうに私《わたし》を見《み》ているミケくんに、「うん！」と返事《へんじ》をした。

「昔《むかし》、一度試《いちどため》したことがあるの……！」

お米《こめ》をできるだけ細《こま》かくして、完全《かんぜん》に粉状《こなじょう》にして……ベーキングパウダーと合《あ》わせる。調整《ちょうせい》が難《むずか》しいけど、あの時《とき》の勘《かん》を思《おも》い出《だ》すんだ。

「そんなにたくさんは作《つく》れないけど、ロウくんが帰《かえ》ってくるまでの間《あいだ》なら、これで対応《たいおう》できると思《おも》う……！」

「さすが愛《あい》じゃん」

うまくいくかわからないけど……今《いま》はやるしかない！

「それじゃあ、俺《おれ》はロウの分《ぶん》まで働《はたら》く！」

「ホールは、俺《おれ》とミケ。キッチンは、愛《あい》とレオに、任《まか》せる」

「大丈夫《だいじょうぶ》。俺《おれ》たちなら乗《の》り切《き》れるよ」

頼《たの》もしいみんなを見《み》ていると、私《わたし》もなぜか大丈夫《だいじょうぶ》な気《き》がしてきた。

「ありがとう、みんな……！」

オープンまでになんとか即席《そくせき》の米粉《こめこ》を作《つく》って、パンケーキを試作《しさく》してみた。

「どうかな……？」

切《き》り分《わ》けて、3人《にん》に味見《あじみ》をお願《ねが》いする。

「うん……！　いつもの味《あじ》だよ」

「うっっっまい！」

「これはこれで、うまい」

よかった……！

「それじゃあ、オープンしようか」

「うん……！」

今日《きょう》も……ケモカフェ、開店《かいてん》だ……！

# 33 勝利《しょうり》！

「おいしい〜！」

「見《み》た目《め》だけじゃなくて、味《あじ》もいいね……！」

おいしそうにパンケーキを食《た》べてくれているお客《きゃく》さんを見《み》て、ほっとする。

よかった……お客《きゃく》さんをがっかりさせたくなかったから、なんとかなって一安心《ひとあんしん》だ。

でも、そろそろ米粉《こめこ》を作《つく》るのも限界《げんかい》かもしれない……ベーキングパウダーももう底《そこ》をつきそう……。

焦《あせ》りを感《かん》じはじめた時《とき》、お店《みせ》の扉《とびら》が勢《いきお》いよく開《ひら》いた。

「愛《あい》……！」

え……ロウくん？　もう帰《かえ》ってきてくれたの……⁉

袋《ふくろ》を抱《かか》えてキッチンに走《はし》ってくるロウくんを見《み》て、目《め》を見開《みひら》いた。

まだ1時間《じかん》も経《た》ってないのにっ……。

「これ……」

息切《いきぎ》れしているロウくんを見《み》て、感謝《かんしゃ》の気持《きも》ちでいっぱいになった。

この量《りょう》を抱《かか》えながら、走《はし》って帰《かえ》ってきてくれたんだ……。

「ありがとうロウくん……！」

「暑《あつ》い……飲《の》むもんないか……？」

「待《ま》っててね……！　冷《つめ》たいドリンク作《つく》ってくる！」

「助《たす》かる」

氷《こおり》いっぱいの冷《つめ》たいドリンクを作《つく》って、ロウくんに渡《わた》した。

ぐびぐび飲《の》んで、氷《こおり》も噛《か》み砕《くだ》いているロウくん。

「……生《い》き返《かえ》った。俺《おれ》もホール入《はい》る」

「も、もう平気《へいき》なの？」

「ああ。心配《しんぱい》すんな。ご馳走様《ちそうさま》」

ふっと微笑《ほほえ》んで、ホールに戻《もど》っていったロウくん。

すごい体力《たいりょく》があるんだなっ……ロウくん、かっこいいっ……！

私《わたし》も……がんばらなきゃ……！

小麦粉《こむぎこ》を開《あ》けて、注文《ちゅうもん》が入《はい》った料理《りょうり》を次々《つぎつぎ》と作《つく》っていく。

絶対《ぜったい》に、ノルマをクリアしてみせる。

おばあちゃんのためにも、がんばってくれているみんなのためにも……！


「ありがとうございました……！」

最後《さいご》のお客《きゃく》さんを見送《みおく》って、みんなでテーブルに集《あつ》まる。

売《う》り上《あ》げを計算《けいさん》しているツキくんを、じっと見守《みまも》った。

「合計《ごうけい》、でた」

ごくりと息《いき》をのんで、ドキドキしながらツキくんの言葉《ことば》を待《ま》つ。

「今日《きょう》の売《う》り上《あ》げ、合算《がっさん》して……**ノルマ、クリア**」

ノルマ……クリア……。

「やったっ……！」

喜《よろこ》びを嚙《か》み締《し》めるように、ぎゅっと拳《こぶし》を握《にぎ》る。

最初《さいしょ》は、無理《むり》かもしれないって思《おも》ってた。それなのに、こんな早《はや》くクリアできるなんて
……。

「愛《あい》、やったね」

「ま、俺《おれ》は最初《さいしょ》から余裕《よゆう》だと思《おも》ってたけどな！」

「愛《あい》、がんばった」

「……よくやったな」

みんなは褒《ほ》めてくれるけど、おめでとうっていうのも、ありがとうっていうのも、私《わたし》のほうだっ……。

「みんなのおかげだよ……ひとりだったら、絶対《ぜったい》にできなかった……」

カフェを運営《うんえい》することも、新《しん》メニューを作《つく》ることも、ノルマ達成《たっせい》も……全部《ぜんぶ》全部《ぜんぶ》、みんなのおかげだっ……。

「この恩《おん》は、一生《いっしょう》かけて返《かえ》すからね……！」

おばあちゃんとこのお店《みせ》を守《まも》ってくれたみんなには、感謝《かんしゃ》してもしきれない。

「言《い》ったでしょ？　これは俺《おれ》たちの恩返《おんがえ》しだって」

「そうだそうだ、返《かえ》されたらまた返《かえ》さないといけないだろ！」

「恩返《おんがえ》し、俺《おれ》たちの方《ほう》」

「……そういうことだ」

みんな……。

――ゴン、ゴン、ゴン！

胸《むね》がいっぱいになっている時《とき》、乱暴《らんぼう》なノックの音《おと》が響《ひび》いた。

こんなに乱暴《らんぼう》なノックをする人《ひと》を、私《わたし》はひとりしか知《し》らない。

「おい、どうなってるんだ……！」

町長《ちょうちょう》だ……。

「連日《れんじつ》すごい数《かず》の客《きゃく》が入《はい》ってると聞《き》いたが……何《なに》をしている！」

入《はい》ってきた町長《ちょうちょう》は、顔《かお》を真《ま》っ赤《か》にしながら怒《おこ》っている。

まさかノルマをクリアしたこのタイミングで現《あらわ》れるなんて……。

みんなはにやりとちょっと悪《わる》い顔《かお》をしながら、町長《ちょうちょう》を見《み》ていた。

「おい、どうして獣人《じゅうじん》が3人《にん》も増《ふ》えてるんだ……！」

あ……町長《ちょうちょう》はレオくんには会《あ》ったことあるけど、3人《にん》はこの前《まえ》隠《かく》れてたから、初《はじ》めましてなんだ。

「ちょうどいいところに来《き》たね」

「へっ、ナイスタイミング！」

「行《い》く手間《てま》、省《はぶ》けた」

「……愛《あい》、言《い》ってやれ」

こ、こほんっ……改《あらた》めて、伝《つた》えなきゃ、ノルマのこと……！

「町長《ちょうちょう》、これ……今日《きょう》までの売《う》り上《あ》げです」

私《わたし》はツキくんがまとめてくれた売上集計表《うりあげしゅうけいひょう》を、町長《ちょうちょう》に渡《わた》した。

めんどくさそうにそれを受《う》け取《と》った町長《ちょうちょう》は、表《ひょう》を見《み》てぎょっと目《め》を丸《まる》くした。

「……な、**なんだと……！**」

町長《ちょうちょう》の顔《かお》が、みるみる青《あお》くなっていく。

「ありえない……そんなはずが……な、何《なに》か卑怯《ひきょう》な手《て》を使《つか》ったんだろう……！　獣人《じゅうじん》まで雇《やと》って……！」

「言《い》いがかりはやめろよ。俺《おれ》たちは金《かね》で雇《やと》われたわけじゃない。愛《あい》が新《あたら》しいメニューを考《こう》案《あん》して、宣伝《せんでん》して、いちから集客《しゅうきゃく》した。卑怯《ひきょう》な手《て》なんて一つも使《つか》ってない」

レオくんが前《まえ》に立《た》って、町長《ちょうちょう》に言《い》い返《かえ》してくれた。

私《わたし》も……。

守《まも》ってもらってばかりじゃなくて、自分《じぶん》で立《た》ち向《む》かわなきゃ。

「私《わたし》たちは……正々堂々《せいせいどうどう》勝負《しょうぶ》しました。**約束《やくそく》、守《まも》ってください**」

まっすぐ町長《ちょうちょう》を見《み》ると、うろたえたのがわかった。

いつも自信《じしん》たっぷりな町長《ちょうちょう》の、初《はじ》めて見《み》る顔《かお》だった。

「ちっ、小娘《こむすめ》が……っ」

よかった……約束《やくそく》は守《まも》ってくれるみたいだ……。

「ふんっ……！　また来《き》てやるからな……いつか絶対《ぜったい》に、この店《みせ》を潰《つぶ》してやる……！」

捨《す》て台詞《ぜりふ》を吐《は》いて、お店《みせ》を出《で》ようとした町長《ちょうちょう》。

**「させません」**

これだけは、言《い》っておかないと。

「このお店《みせ》もおばあちゃんも——**絶対《ぜったい》に守《まも》ります！**」

私《わたし》はもう、前《まえ》の私《わたし》じゃない。

言《い》い返《かえ》せなかった、弱虫《よわむし》の私《わたし》だと思《おも》わないでほしい。

「ふんっ！！」

一瞬驚《いっしゅんおどろ》いた顔《かお》をした町長《ちょうちょう》は、すぐにまた怒《おこ》った顔《かお》になって、**バタン！**と大《おお》きな音《おと》を立《た》ててお店《みせ》を出《で》て行《い》った。

……ちゃんと、言《い》えた……。

言《い》いたいこと、言《い》わなきゃいけないこと……全部《ぜんぶ》。

「よく言《い》った、愛《あい》。がんばったね」

レオくんが満面《まんめん》の笑《え》みで、私《わたし》の頭《あたま》を撫《な》でてくれた。

「ありがとうっ……！」

こうして言《い》えたのも、みんなのおかげだ……。

「へへっ、あいつすごい顔《かお》してたな！」

「おもしろ、かった」

「……これで、取《と》り壊《こわ》しの話《はなし》もなしだ」

喜《よろこ》びを共有《きょうゆう》するみたいに、みんなと笑《わら》って顔《かお》を見合《みあ》わせた。

これは、みんなで摑《つか》んだ勝利《しょうり》だっ……。

「とはいえ、期間限定《きかんげんてい》の営業《えいぎょう》はまだ残《のこ》ってるし、残《のこ》りの期間《きかん》もがんばろう」

うん、レオくんの言《い》う通《とお》りだよね。

ケモカフェの期間中《きかんちゅう》は、来《き》てくれたお客《きゃく》さんに満足《まんぞく》してもらえるように、気《き》を抜《ぬ》かずにがんばらなきゃ。

ここは、おばあちゃんの大事《だいじ》なお店《みせ》、「タカラ」だから。

お客《きゃく》さんに笑顔《えがお》で帰《かえ》ってほしいっていうおばあちゃんの気持《きも》ちも、絶対《ぜったい》に守《まも》りたい。

「そうだな！　売《う》り上《あ》げが伸《の》びれば、ばあちゃんの負担《ふたん》も減《へ》るだろうし！」

「安心《あんしん》して、退院《たいいん》、してほしい」

「……ああ」

みんなもはりきってくれていて、私《わたし》はもう一度《いちど》、心《こころ》からの感謝《かんしゃ》を伝《つた》えた。

## 34 最終営業日《さいしゅうえいぎょうび》

今日《きょう》は、ケモカフェ、最後《さいご》の営業日《えいぎょうび》。

2週間《しゅうかん》のオープン期間中《きかんちゅう》は連日大盛況《れんじつだいせいきょう》で、毎日大忙《まいにちおおいそが》しだった。

もうすぐラストオーダー……閉店《へいてん》まで1時間《じかん》をきった。

この忙《いそが》しい日々《ひび》も終《お》わりかと思《おも》うと、ほっとすると同時《どうじ》に寂《さび》しくもあった。

毎日《まいにち》いろんなお客《きゃく》さんが来《き》てくれて、笑顔《えがお》になってくれるのを見《み》るのは……**すごく楽《たの》しかったから。**

**『ほっほっ、そうだねぇ、お店《みせ》に人《ひと》がいっぱいになったら嬉《うれ》しいんだけどねぇ』**

おばあちゃん……みんなのおかげで、おばあちゃんの夢《ゆめ》がかなったよ。

できれば、この光景《こうけい》をおばあちゃんにも見《み》せてあげたい……。

おばあちゃんとおじいちゃんの写真《しゃしん》を見《み》て、笑《え》みがあふれた。

「げっ……また来《き》やがった」

オーダーを締《し》め切《き》ろうとした時《とき》、ミケくんの声《こえ》が聞《き》こえた。

入口《いりぐち》を見《み》なくても、誰《だれ》が来《き》たのかすぐにわかった。

「おい、常連客《じょうれんきゃく》が来《き》てやったぞ」
コ、コンくんだっ……。
隣《となり》にいるレオくんも、コンくんを見《み》て顔《かお》をしかめてる。

「いつもの出《だ》せよ」

「は、はいっ……」

もういつものでわかるようになってしまった……。

急《いそ》いで、カレーとコーヒーを用意《ようい》する。

ラストオーダーの時間《じかん》だから、これがケモカフェ、最後《さいご》の注文《ちゅうもん》だ。

「お待《ま》たせしました」

「…………」

コンくんの前《まえ》にトレイを置《お》くと、黙々《もくもく》と食《た》べはじめた。

カレー、いつも頼《たの》んでくれるけど……気《き》に入《い》ってくれたのかな……？

「……おい愛《あい》」

食《た》べ終《お》わったのか、スプーンを置《お》いたコンくんが声《こえ》をかけてきた。

「こいつら、いったいいつまでここにいるんだよ」

「え？」

こいつらって……レオくんたちのこと？

「夏休《なつやす》み期間《きかん》だけか？　それとも、まさかずっとここにいるんじゃないだろうな？」

「えっと……」

そういえば……みんながいつまでいてくれるのかはわからない。

家出《いえで》してきたから、住《す》まわせてほしいっておばあちゃんに言《い》っていたけど……厳密《げんみつ》にいつまでかって話《はなし》はしてないから。

「**ずっといますから**、ご心配《しんぱい》なく」

返事《へんじ》に困《こま》っていると、私《わたし》の代《か》わりにレオくんが答《こた》えてくれた。

ずっと……？

「は……？　お前《まえ》ら、マジでなんなんだよ」

きっと、かばうためにそう言《い》ってくれたんだと思《おも》う。

でも、もしみんながいいなら……ずっといてほしいなと思《おも》った。

私《わたし》にとってみんなはもう、兄弟《きょうだい》みたいな存在《そんざい》になっているのかもしれない。

「バイトか何《なん》かしんねーけど……獣人《じゅうじん》がこんなぼろぼろのカフェで働《はたら》いてていいのか？」

いつものバカにするような顔《かお》で笑《わら》ったコンくんに、レオくんがぴんと耳《みみ》を立《た》てた。

「**……いい加減《かげん》にしろよ**」

レオくん……？

聞《き》いたこともないような低《ひく》い声《こえ》に、びくっとしてしまう。

普段温厚《ふだんおんこう》なレオくんは、コンくんにだけは冷《つめ》たい態度《たいど》をとるけど……今《いま》はまるで殺気《さっき》立《だ》っているみたいだ。

コンくんも、怯《おび》えたように一瞬顔《いっしゅんかお》をしかめた。

「俺《おれ》たちは俺《おれ》たちの意志《いし》でここにいさせてもらってるんだ。先《さき》に言《い》っておく、**愛《あい》から離《はな》れるつもりはない**」

「……っ」

レオくん……。

「最終日《さいしゅうび》くらいと思《おも》って黙《だま》って聞《き》いてれば……お前《まえ》、マジで学習《がくしゅう》しねぇな」

あ、あれ？

どこから現《あらわ》れたのか、ロウくんがコンくんの腕《うで》を掴《つか》んだ。

「は？　お、おい、離《はな》せ……！」

「……ロウ、手伝《てつだ》う」

ツキくんも現《あらわ》れて、ふたりに腕《うで》を摑《つか》まれてひっぱられていくコンくん。

「おい！　俺《おれ》はここの土地《とち》を持《も》ってる町長《ちょうちょう》の孫《まご》だぞ……！　いわばオーナーみたいなものだぞ……！」

「お客《きゃく》さま、権力《けんりょく》をふりかざすのはやめてください。みっともないですよ」

「……わめくな。出口《でぐち》はこっちだ」

「は、離《はな》せ、くそ……！」

必死《ひっし》に抵抗《ていこう》しているけど、ふたりがかりではコンくんも逃《に》げられないのか、悔《くや》しそうに歯《は》を食《く》いしばっている。

「こ、これからも来《き》てやるからな……！」

そう言《い》い残《のこ》して、お店《みせ》の外《そと》に連《つ》れて行《い》かれたコンくん。

少《すこ》しして、ツキくんとロウくんが店内《てんない》に戻《もど》ってきた。

「……重《おも》かった」

「まさか、最後《さいご》の客《きゃく》があいつになるとは思《おも》わなかったけどな……」

「た、助《たす》かったよ……ありがとうっ……」

離《はな》れたところから見守《みまも》っていたミケくんも、にんまりご機嫌《きげん》な顔《かお》をしている。

「最後《さいご》の最後《さいご》にやっつけられた！」

みんな、相当《そうとう》コンくんには頭《あたま》を悩《なや》ませてたみたいだ……あはは。

——**プルルルル、プルルルル。**

「あっ……ちょっとごめんね！」

スマホが鳴《な》って、急《いそ》いで電話《でんわ》に出《で》た。

誰《だれ》からだろう……？

「はいもしもし、優希《ゆうき》です」

『もしもし、愛《あい》？』

スマホ越《ご》しに聞《き》こえた、大好《だいす》きな人《ひと》の声《こえ》。

「おばあちゃん……！」

『ふふっ、元気《げんき》にしてるかい？』

「うん……！　元気《げんき》にしてるよ！　おばあちゃんは？」

この前面会《まえめんかい》の予約《よやく》をしたけど、次《つぎ》の面会《めんかい》はまだ先《さき》だ。

だから、こうやって電話《でんわ》をもらえただけでも嬉《うれ》しかった。

『ほっほっ、おばあちゃんも元気《げんき》だよ。元気《げんき》すぎて、**退院《たいいん》してもいい**って言《い》われたんだよ』

「えっ……ほ、ほんとに!?　いつ!?」

『**明後日《あさって》には家《いえ》に帰《かえ》っていい**って言《い》ってもらってねぇ』

おばあちゃんの報告《ほうこく》に、私《わたし》は踊《おど》り出《だ》してしまいたいほど嬉《うれ》しくなった。

おばあちゃんが元気《げんき》になって、よかったっ……。

「やったっ……！　それじゃあ、病院《びょういん》まで迎《むか》えに行《い》くね！」

電話《でんわ》を切《き》ると、レオくんが首《くび》をかしげてこっちを見《み》ていた。

「愛《あい》、今《いま》の電話《でんわ》おばあちゃんから？」

「うん！　おばあちゃん、明後日《あさって》退院《たいいん》できるって……！」

「ほんと……！　よかったね、愛《あい》」

みんなにも報告《ほうこく》すると、みんなも一緒《いっしょ》に喜《よろこ》んでくれた。

「ばあちゃん、元気《げんき》になってよかったな……！」

「愛《あい》、おめでとう」

「……これで一安心《ひとあんしん》だな」

笑顔《えがお》でみんなを見《み》ると、みんなも笑顔《えがお》を返《かえ》してくれた。

ふふっ……夏休《なつやす》み最後《さいご》に、こんな嬉《うれ》しい知《し》らせが待《ま》ってるなんて……。

おばあちゃんが帰《かえ》ってくるまでに、家《いえ》もお店《みせ》もとびっきり綺麗《きれい》にしよう……！

それと、退院祝《たいいんいわ》いもしなきゃっ……！

さっきまで夏休《なつやす》みが終《お》わるのが寂《さび》しかったけど、今《いま》は早《はや》く明後日《あさって》が来《こ》ないかと待《ま》ち遠《どお》しかった。

「それじゃあ、閉店準備《へいてんじゅんび》しよっか」

ほんとだ、片付《かたづ》けないと……！

「うん、そうだね」

店内《てんない》を見渡《みわた》すと、自然《しぜん》と笑《え》みがあふれてくる。

ついに、終《お》わったんだ……。

楽《たの》しかったな……。

私《わたし》にとって……間違《まちが》いなく、忘《わす》れられない夏《なつ》になった。

「いろいろあったけど、楽《たの》しかったよね」

「ま、充実《じゅうじつ》してたな！」

「うん、ドタバタ、だった」

「……だな」

カフェの話《はなし》になり、みんな懐《なつ》かしむように振《ふ》り返《かえ》っている。

「ツキが全《ぜん》メニュー注文《ちゅうもん》とかいうオーダー取《と》ってきた時《とき》は、さすがに焦《あせ》ったな」

「しかもあの人《ひと》、ドリンク10種全部《しゅぜんぶ》飲《の》んで帰《かえ》ったし……あれはすごかったよ」

「愛《あい》も、焦《あせ》ってた」

「……あん時《とき》はキッチンがパニックだったな」

そ、そんなこともあったな、あはは……。

でもほんとに……楽《たの》しかったなぁ……。

「夏休《なつやす》みの間《あいだ》、ずっとここにいた気《き》がするね」

明日《あした》は定休日《ていきゅうび》だけど、明後日《あさって》から……ここは今《いま》まで通《とお》りのカフェ「タカラ」に戻《もど》る。

ケモカフェは、今日《きょう》で終《お》わりだ。

夏休《なつやす》みが終《お》わって、学校《がっこう》が始《はじ》まって……あ。

ふと、みんなのことが気《き》になった。

「そういえば、みんな**とある事情《じじょう》**で家出《いえで》して来《き》たって言《い》ってたけど……どんな事情《じじょう》なの？　夏休《なつやす》みが終《お》わっちゃうけど、本当《ほんとう》に帰《かえ》らなくて平気《へいき》……？」

ご両親《りょうしん》に許可《きょか》はもらってるって言《い》ってたけど、学校《がっこう》もあるし……。

「そういえば、愛《あい》に詳《くわ》しく話《はな》してなかったね」

改《あらた》まったようにそう言《い》って、レオくんが「座《すわ》って話《はな》そうか」と微笑《ほほえ》んだ。

# 35 プロポーズ？

「今《いま》まで詳《くわ》しく話《はな》してなかったけど……」

レオくんが、みんなを代表《だいひょう》するように口《くち》を開《ひら》いた。

「俺《おれ》たちは、全員《ぜんいん》**家業《かぎょう》を継《つ》ぐこと**が決《き》まってるんだ」

「家業《かぎょう》？」

お家《うち》の会社《かいしゃ》ってこと……？

「全員御曹司《ぜんいんおんぞうし》だからな」

補足《ほそく》するように、ミケくんがふんっと笑《わら》った。

お、御曹司《おんぞうし》って……お金持《かねも》ちのお坊《ぼっ》ちゃんってことだよね……？

家庭料理《かていりょうり》に詳《くわ》しくないって聞《き》いた時《とき》に、なんとなくそうなのかなと思《おも》ったけど……私《わたし》が想像《そうぞう》しているよりも、**すごいお家《うち》の生《う》まれ**なのかなっ……？

でも、全員《ぜんいん》ってことは、レオくんもってことだよね……？

『**実《じつ》は、ミケとツキとロウは、生粋《きっすい》のお坊《ぼっ》ちゃんなんだ**』

ああ言《い》っていたから、てっきりレオくんはみんなとは違《ちが》うのかなと思《おも》ってた。
もちろん、みんなのお家《うち》がどんなお金持《かねも》ちだとしても、みんなはみんなだけど……御曹《おんぞう》
司《し》って聞《き》くと、なんだか別世界《べっせかい》の人《ひと》みたいだな……あはは。
「獣人族《じゅうじんぞく》って、未《いま》だにしきたりがある家《いえ》が多《おお》いんだけど……その中《なか》でも俺《おれ》たちの家《いえ》は特《とく》に
しきたりが多《おお》くて、俺《おれ》はそういうのが嫌《いや》で家出《いえで》してきたんだ」
「レオは自分《じぶん》から出《で》てきたけど、俺《おれ》とツキとロウは家出《いえで》ってより、追《お》い出《だ》されたんだ」
レオくんと3人《にん》は、事情《じじょう》が違《ちが》うのかな……？
「俺《おれ》たちは跡継《あとつ》ぎだから、普通《ふつう》は**許嫁《いいなずけ》を決《き》められたりする**んだけどさ……愛《あい》には一回話《かいはな》し
たけど、俺《おれ》たち3人《にん》には忘《わす》れられないやつがいて」
それは……。
**『実《じつ》は……俺《おれ》とツキとロウは、人《ひと》さがししてんだよ！』**
**『愛《あい》、同《おな》い年《どし》くらいの女《おんな》の子《こ》、このあたりで見《み》かけたことないか？』**
**『昔《むかし》、夏休《なつやす》みにこの森《もり》で会《あ》ったんだ。ただ、ちゃんと話《はな》すこともできなくて……名前《なまえ》も知《し》**
**らない』**
前《まえ》に話《はな》してた女《おんな》の子《こ》だよね……？

「**その子《こ》と結婚《けっこん》したいから許嫁《いいなずけ》とかいらない**って断《ことわ》ってたら、親《おや》にキレられて……その相《あい》手《て》を見《み》つけるまで家《いえ》に戻《もど》ってくるなーって言《い》われたんだよ」

な、なるほど……つまりみんな、その子《こ》を見《み》つけるまで家《いえ》に帰《かえ》れないってこと……？

た、大変《たいへん》だっ……。

「ま、今《いま》はここに住《す》まわせてもらってるし、家《いえ》より居心地《いごこち》いいし、帰《かえ》らなくてもいいけどな！　毎日愛《まいにちあい》のうまい飯食《めしく》えるし！」

「帰《かえ》らなくてもいい、けど、あの子《こ》には、会《あ》いたい」

「……そういうことだ」

「ミケくんとツキくんとロウくんの好《す》きな女《おんな》の子《こ》が、早《はや》く見《み》つかるといいね」

私《わたし》の言葉《ことば》に、ミケくんが照《て》れ臭《くさ》そうに笑《わら》った。

「おう！」

それにしても……みんな私《わたし》と同《おな》じ歳《とし》くらいなのに、もう許嫁《いいなずけ》とか結婚《けっこん》のことを考《かんが》えてるなんて、すごいな……。

「俺《おれ》も3人《にん》を応援《おうえん》してる」

レオくんの言葉《ことば》に、ふと首《くび》をかしげた。

「レオくんも、そういう人《ひと》はいるの？」

「……え？」

「その、許嫁《いいなずけ》？　とか……？」

レオくんも御曹司《おんぞうし》って言《い》っていたし、家《いえ》のしきたりとかがあるんじゃ……。

「……許嫁《いいなずけ》はいないよ。でも、**結婚《けっこん》したい人《ひと》はいるかな**」

えっ……そ、そうなんだっ……！

てことは、みんな好《す》きな人《ひと》がいるんだ……。

「レオくんのことも応援《おうえん》してるね」

「ほんと？　応援《おうえん》してくれる？」

「もちろん！」

笑顔《えがお》でうなずくと、レオくんは一瞬《いっしゅん》何《なに》か考《かんが》えるような顔《かお》をした後《あと》、**私《わたし》の手《て》を握《にぎ》った。**

れ、レオくん……？

どうして手《て》を握《にぎ》るの……？

「俺《おれ》が結婚《けっこん》したい相手《あいて》は……**愛《あい》だよ**」

「……え？」

いつもの優《やさ》しい微笑《ほほえ》みを浮《う》かべるレオくんが何《なに》を言《い》っているのかよくわからなかった。

結婚《けっこん》したい相手《あいて》が……私《わたし》？

「は？」

「え」

「……お前《まえ》……」

ミケくんとツキくんとロウくんが、それぞれ驚《おどろ》いたような呆《あき》れたような表情《ひょうじょう》になっていた。

「**愛《あい》が好《す》きなんだ**」

まっすぐ、真剣《しんけん》な瞳《ひとみ》で見《み》つめられた。

ベージュ色《いろ》の目《め》があまりにも綺麗《きれい》で、吸《す》い込《こ》まれそうになる。

「だから、**俺《おれ》のこと好《す》きになって**」

——**ドキッ。**

こ、これは当然《とうぜん》の反応《はんのう》というか、レオくんみたいなかっこいい人《ひと》にこんなことを言《い》われて、ときめかない人《ひと》はいないと思《おも》うっ……。

「あ、あの……」

「**本気《ほんき》だよ。**愛《あい》には直球《ちょっきゅう》で言《い》わないと伝《つた》わらないって思《おも》ったから、ちゃんと言《い》っておこうと思《おも》って」

レオくんの言葉《ことば》に、頭《あたま》の中《なか》はパニック状態《じょうたい》だった。

「ま、待《ま》って……な、何《なに》がなんだか……きゅ、急《きゅう》に結婚《けっこん》って……す、好《す》き……？」

「うん、**好《す》き**」

「れ、レオくんが……私《わたし》を……？」

「うん、**俺《おれ》が愛《あい》を好《す》き**」

何度確認《なんどかくにん》しても、返《かえ》ってくる返事《へんじ》は一緒《いっしょ》だった。

こんなにかっこよくて、素敵《すてき》な人《ひと》が……私《わたし》を……？

あ、ありえ、ない……。

「お、お前《まえ》、**ちょっと止《と》まれ!!!**」

「愛《あい》、パニック、なってる」

「……なんか**湯気《ゆげ》でてんぞ**」

衝撃的《しょうげきてき》な告白《こくはく》に、私《わたし》はキャパオーバーになって固《かた》まってしまった。

# 36 わからない感《かん》情《じょう》

side ロウ

**「愛《あい》が好《す》きなんだ」**

レオの突発的《とっぱつてき》な告白《こくはく》に、愛《あい》はパニックになってそのまま動《うご》かなくなった。

混乱《こんらん》している愛《あい》を部屋《へや》に連《つ》れて行《い》って、今日《きょう》はもう休《やす》むように伝《つた》えて俺《おれ》も二階《かい》の部屋《へや》に戻《もど》る。

「お前《まえ》、言《い》わないんじゃなかったのかよ……！」

扉《とびら》を開《あ》けると、ミケがレオに詰《つ》め寄《よ》っているところだった。

今回《こんかい》ばっかりは、ミケの言《い》う通《とお》りだ……いくらなんでも、急《きゅう》すぎるだろ。

それに、俺《おれ》たちの前《まえ》で告白《こくはく》すんじゃねえよ……。

ダチの恋愛《れんあい》してるところなんか、普通見《ふつうみ》たくねぇだろ……。

「俺《おれ》、思《おも》ってた以上《いじょう》に**独占欲《どくせんよく》が強《つよ》いみたい**」

レオは少《すこ》しも悪《わる》びれる様子《ようす》なく、さらっと答《こた》えた。

「うかうかしてたら誰《だれ》かにとられるかもしれない。それだけは絶対《ぜったい》に嫌《いや》だから、遠慮《えんりょ》するのはやめようと思《おも》って」

俺《おれ》も文句《もんく》のひとつやふたつ言《い》ってやろうと思《おも》っていたけど、いつになく真剣《しんけん》なレオの顔《かお》を見《み》てやめた。

本気《ほんき》で好《す》きで、どうしても自分《じぶん》のそばにいてほしいって気持《きも》ちは、俺《おれ》にも理解《りかい》できたから。

俺《おれ》にとってそう思《おも》える相手《あいて》とは、もう5年《ねん》も会《あ》えてねぇけど。

「それに……あぶない狐《きつね》もいるしね」

あいつか……。

万《まん》が一《いち》にも愛《あい》があいつを選《えら》ぶことはねぇだろうけど……確《たし》かに、昔《むかし》は愛《あい》もあいつのことが好《す》きだったみてぇだし、不安《ふあん》になるのも仕方《しかた》ない。

まあ、何《なに》があっても絶対《ぜったい》、愛《あい》がまたあいつを好《す》きになることはねぇと思《おも》うけど。

あんな古臭《ふるくさ》い種族差別《しゅぞくさべつ》する、こじらせた狐《きつね》……絶対《ぜったい》に嫌《いや》だろ。

愛《あい》はあいつのめんどくさすぎる好意《こうい》に気《き》づいてなさそうだけどな……。

「べつに焦《あせ》らなくても、あんなやつに負《ま》けないだろ。レオと狐《きつね》だったら、１００人《にん》いたら

100人《にん》がレオを選《えら》ぶぞ」

「俺《おれ》も、あいつは、無理《むり》」

ミケとツキも同《おな》じ考《かんが》えだったのか、呆《あき》れた顔《かお》をしていた。

「それに、愛《あい》のことを知《し》っていくうちに、もっと好《す》きになって……もうこの気持《きも》ちを抑《おさ》えられそうにないんだ」

愛《いと》しくてたまらないって顔《かお》で、微笑《ほほえ》んだレオ。

こいつ……愛《あい》と出会《であ》ってマジで変《か》わったな……。

今《いま》までは、生《い》きてても何《なに》も楽《たの》しくないですって顔《かお》で、死《し》んだ魚《さかな》みたいな目《め》してたくせに……。

まあ、前《まえ》よりも、今《いま》のレオの方《ほう》がいいと思《おも》うけどな……。

レオをこんなふうにするなんて、愛《あい》は魔性《ましょう》の女《おんな》だ。

いや、魔性《ましょう》はちげぇな……あいつはどちらかと言《い》うと**純度《じゅんど》100%**って感《かん》じだし、レオの好意《こうい》にも気《き》づいてなかった鈍感《どんかん》だ。

そういえば、俺《おれ》たちが獣人《じゅうじん》ってわかっても、愛《あい》は全《まった》く態度《たいど》を変《か》えなかった。

人間《にんげん》は誰《だれ》しも、汚《きたな》い部分《ぶぶん》があると思《おも》う。

獣人《じゅうじん》はスペックが高《たか》く、そばにいるだけでステータスだというように扱《あつか》われているから、利益目的《りえきもくてき》で近《ちか》づいてくるやつはごまんといた。……というか、ほとんどの奴《やつ》らが見返《みかえ》りを求《もと》めて近《ちか》づいてくる。

そんなやつらにうんざりしていた時期《じき》もあったけど、もういっそそれが普通《ふつう》なんだと思《おも》うようにすらなった。

でも……**愛《あい》は違《ちが》う。**

動物《どうぶつ》の時《とき》も人間《にんげん》の時《とき》も、俺《おれ》たちへの対応《たいおう》が全《まった》く変《か》わらなかった。

誰《だれ》に対《たい》しても優《やさ》しくて、いつもにこにこしてて……愛《あい》のそばにいると、どうしてか**心《こころ》が落《お》ち着《つ》く。**

獣人《じゅうじん》としてではなく、ありのままの自分《じぶん》を見《み》てもらえているような……そんな錯覚《さっかく》に陥《おちい》った。

まるで……。

**『今日《きょう》もみんな、元気《げんき》いっぱいでかわいいねっ……！』**

一瞬《いっしゅん》——**あいつの声《こえ》と愛《あい》の声《こえ》が重《かさ》なった。**

いや……ありえねえな……そんな偶然《ぐうぜん》。

「それより、みんなの方《ほう》はどうなの」

「どうって……何《なに》もねーよ……！」

レオの言葉《ことば》に、ミケの耳《みみ》が垂《た》れ下《さ》がった。

「さがしたけど、何《なに》も、見《み》つからない」

「……明日《あした》で夏休《なつやす》みも終《お》わるし、今年《ことし》も会《あ》えなかった」

一応《いちおう》、時間《じかん》をつくってさがしたけど、手《て》がかりひとつ見《み》つけられなかった。

また来年《らいねん》の夏休《なつやす》みにかけるか……会《あ》える保証《ほしょう》もねぇけど……。

一目《ひとめ》でいいから、あの笑顔《えがお》に会《あ》いたい。

心《こころ》のそこからそう願《ねが》って、拳《こぶし》を握《にぎ》った。

いったい、どこにいるんだよ……。

# 37 新《しん》学《がっ》期《き》

あの後《あと》のことは、よく覚《おぼ》えていない。

目《め》が覚《さ》めたら布団《ふとん》の中《なか》にいて、夜《よる》が明《あ》けていた。

もしかして……あれは、夢《ゆめ》だったかな……？

うん……きっと夢《ゆめ》に違《ちが》いない。

あんなにかっこよくて素敵《すてき》な人《ひと》が、私《わたし》のことを好《す》きなんて……あ、ありえないっ……。

まだぼうっとしている状態《じょうたい》で学校《がっこう》に行《い》く支度《したく》をする。

眠《ねむ》たいけど……今日《きょう》から学校《がっこう》の始《はじ》まりだ……。

明日《あした》はおばあちゃんが退院《たいいん》するから、がんばって乗《の》り切《き》ろうっ……。

「愛《あい》、おはよう」

「わっ……！」

顔《かお》を洗《あら》い終《お》わった時《とき》、後《うし》ろからレオくんの声《こえ》が聞《き》こえてびくっとした。

「お、おはようレオくんっ……」

レオくん、いつも通《どお》りだ……。

やっぱり、昨日《きのう》のは夢《ゆめ》だったのかな？

ほっと安堵《あんど》の息《いき》を吐《つ》いた時《とき》、レオくんがじっと私《わたし》の顔《かお》を覗《のぞ》き込《こ》んできた。

**「今日《きょう》もかわいい」**

えっ……？

か、かわいい……？

「あ、あああ、あの……」

き、昨日《きのう》のことって……。

「愛《あい》に好《す》きになってもらえるようにがんばるから、**俺《おれ》のこと真剣《しんけん》に考《かんが》えてね**」

や、やっぱり、夢《ゆめ》じゃなかった……。

まだ眠《ねむ》たくてうとうとしていたけど、昨日《きのう》の出来事《できごと》を思《おも》い出《だ》して眠気《ねむけ》が吹《ふ》き飛《と》んだ。

「おい！　レオ！」

大《おお》きな声《こえ》が聞《き》こえて振《ふ》り返《かえ》ると、今起《いまお》きてきたのかミケくんとツキくんとロウくんの姿《すがた》があった。

みんな、レオくんをキッと睨《にら》みつけている。

「お、俺《おれ》たちの前《まえ》でベタベタするなよ！」

「どうして？」

ミケくんの言葉《ことば》に、意味《いみ》がわからないとでも言《い》いたげな顔《かお》をしているレオくん。

そんなレオくんを見《み》て、ツキくんがため息《いき》を吐《つ》いた。

「レオ、暴走《ぼうそう》、しすぎ。俺《おれ》たち、気《き》まずい」

「……お前《まえ》、恋愛《れんあい》すると馬鹿《ばか》になるタイプか？」

ロウくんも、呆《あき》れた顔《かお》でレオくんを見《み》ていた。

「愛《あい》のこと急《せ》かしすぎ！」

「昨日《きのう》の今日《きょう》で、答《こた》え、出《だ》せない」

「……ほら、また愛《あい》が動《うご》かなくなっただろ」

ど、どうしよう、昨日《きのう》のことを思《おも》い出《だ》したから、どんな顔《かお》でレオくんを見《み》ればいいのか、わからないっ……。

「と、とりあえず、学校《がっこう》に行《い》ってくるね……！」

私《わたし》は逃《に》げるように、玄関《げんかん》へと走《はし》っていった。

私《わたし》がいなくなった家《いえ》の中《なか》で……。

「俺《おれ》も、今日《きょう》からは**真面目《まじめ》に通《かよ》うよ**」

「……は？　レオが？」

「俺《おれ》も、行《い》こうかな」

「……だるいけど、そろそろ出席日数《しゅっせきにっすう》もやばいしな」

そんな会話《かいわ》がかわされているとも知《し》らずに……。


学校《がっこう》に向《む》かいながら、バクバクと高鳴《たかな》っている心臓《しんぞう》を落《お》ち着《つ》かせる。

**『俺《おれ》が結婚《けっこん》したい相手《あいて》は……愛《あい》だよ』**

昨日《きのう》のは夢《ゆめ》じゃなかったんだ……。

もちろん、好《す》きだと言《い》ってもらえるのはすごく嬉《うれ》しいし、レオくんのことは素敵《すてき》な男《おとこ》の子《こ》だと思《おも》う。

私《わたし》なんかにはもったいないくらいの、魅力的《みりょくてき》な人《ひと》。

だからこそ、どうして好《す》きになってくれたのかわからないし、パニックになっていた。

これからレオくんと、どうやって接《せっ》すればいいのかなっ……。

悩《なや》んでいるといつの間《ま》にか教室《きょうしつ》についていて、中《なか》に入《はい》る。

なんだか、教室《きょうしつ》の中《なか》が騒《さわ》がしいな……。

夏休《なつやす》みの話《はなし》で盛《も》り上《あ》がってるのかな……？

「ねえ、聞《き》いた!?　今日《きょう》**生徒会《せいとかい》の人《ひと》たちが学校《がっこう》に来《き》てる**んだって……！」

「うそ……！　ほんとに？」

不思議《ふしぎ》に思《おも》っていると、女《おんな》の子《こ》たちの会話《かいわ》が耳《みみ》に入《はい》った。

生徒会《せいとかい》って……獣人族《じゅうじんぞく》のすごい人《ひと》たちだっけ……？

確《たし》か、女《おんな》の子《こ》にモテモテの……。

「**獅子王様《ししおうさま》**も**猫宮様《ねこみやさま》**も、**兎白様《とはくさま》**も**狼矢様《かみやさま》**もいるって……！」

ん……？　猫宮《ねこみや》、兎白《とはく》、狼矢《かみや》……。

どこかで聞《き》いたことがあるような……気《き》のせいかな……？

「おい、愛《あい》」

名前《なまえ》を呼《よ》ばれて、びくっと肩《かた》が跳《は》ねた。

「お前《まえ》、あいつらはなんなんだよ」

コンくん……。

私《わたし》のところに歩《ある》いてきたコンくんが、いつもみたいに鼻《はな》で笑《わら》った。

「もしかして、雇《やと》ったのか？」

「昨日《きのう》、じいちゃんから聞《き》いたぞ。お前《まえ》、ノルマ課《か》せられてたって」

え……？

「………」

「いくらノルマがあるからって、獣人雇《じゅうじんやと》うとか必死《ひっし》すぎだろ」

嘲笑《あざわら》うような言《い》い方《かた》をするコンくんに、私《わたし》はきゅっと下唇《したくちびる》を噛《か》んだ。

コンくんには、きっとわからない。

私《わたし》がどれだけ必死《ひっし》で、あのカフェを守《まも》りたかったのか。

わかってもらいたいとも思《おも》わないけど……コンくんは私《わたし》のことをバカにして、楽《たの》しいのかな……。

こんな嫌《いや》がらせが、これからもずっと続《つづ》くのかな……。

あの時《とき》の……。

**『愛《あい》のことは、俺《おれ》が守《まも》ってやるからな』**

——優《やさ》しいコンくんは、ほんとにもう、**いないんだ**……。

私《わたし》のせいでもあるから仕方《しかた》ないけど……改《あらた》めてその事実《じじつ》に気《き》づいて、悲《かな》しくなった。

「……っ、つーか、あんな獣人《じゅうじん》どもに頼《たの》まなくても、じいちゃんのことなら**俺《おれ》に相談《そうだん》すれば——」**

**「「「きゃー!!」」」**

突然《とつぜん》、まるでスターでも現《あらわ》れたかのような歓声《かんせい》に包《つつ》まれた教室《きょうしつ》。

「え……な、なんでここに……?」

「生徒会《せいとかい》バッジついてる……うそ……本物《ほんもの》っ……?」

なんだろう……女《おんな》の子《こ》が騒《さわ》いでる……?

「——おい、やめろ」

え……?

この、声《こえ》は……。

恐《おそ》る恐《おそ》る、目《め》を開《あ》ける。

視界《しかい》に入《はい》った人《ひと》の姿《すがた》に、私《わたし》は驚《おどろ》いて目《め》を見開《みひら》いた。

**レオくん……?**　どうして、ここにいるのっ……!

# 38 溺《でき》愛《あい》生《せい》活《かつ》スタート！

「れ、レオくん……!?」

びっくりして、思《おも》わず声《こえ》が大《おお》きくなった。

「愛《あい》、さっきぶり」

私《わたし》とは反対《はんたい》に、レオくんはいつものようににこっと微笑《ほほえ》んで、余裕《よゆう》の表情《ひょうじょう》だ。

「俺《おれ》たちもいるぞ」

え……!?

振《ふ》り返《かえ》ると、そこにはミケくんとツキくんとロウくんもいた。

「みんな……どうしてここにいるの……!?」

もしかして……忘《わす》れ物《もの》を届《とど》けにきてくれたとか……？

「俺《おれ》たち、**ここの生徒《せいと》だから**」

「……へ？」

レオくんの言葉《ことば》が、少《すこ》しの間《あいだ》理解《りかい》できなかった。

ここの、生徒《せいと》？

よく見《み》ると、確《たし》かにみんなは学校《がっこう》の制服《せいふく》を着《き》ている。

……あれ？

ま、待《ま》って……。

周《まわ》りの女《おんな》の子《こ》を見《み》ると、レオくんたちを見《み》て目《め》をハートにしていた。

みんなのネクタイについてるのって……**生徒会《せいとかい》、バッジ**……？

せ、生徒会《せいとかい》って……みんなのことだったの……!?

衝撃《しょうげき》の事実《じじつ》に、開《あ》いた口《くち》が塞《ふさ》がらなくなる。

「ちなみに、俺《おれ》とロウは2年《ねん》で、ツキとミケは1年《ねん》だよ」

ツキくんとミケくん、私《わたし》と同級生《どうきゅうせい》だったんだっ……！

情報《じょうほう》がいっきに入《はい》ってきて、頭《あたま》がパンクしそうっ……。

ふらりとめまいがして、頭《あたま》を押《お》さえた。

「ねえ、どうして優希《ゆうき》さんが生徒会《せいとかい》と話《はな》してるの……!?」

「知《し》り合《あ》い？　なんで……!?」

「優希《ゆうき》さんって地味《じみ》なのに、まさか生徒会《せいとかい》と知《し》り合《あ》いなんて……ずるい……」

周《まわ》りに集《あつ》まっている女《おんな》の子《こ》から、こそこそ何《なに》か言《い》われている気《き》がして、さーっと血《ち》の気《け》が引《ひ》く。

ど、どうしよう……悪目立《わるめだ》ちしてる……。

「お前《まえ》たち……あのカフェにいた……」

私《わたし》の後《うし》ろで、コンくんがつぶやいた。

いつも自信《じしん》たっぷりなコンくんが、珍《めずら》しく動揺《どうよう》している。

「お前《まえ》たちが、生徒会《せいとかい》……？　てことは……」

てことは……？

コンくんは、悔《くや》しそうにレオくんを睨《にら》みつけた。

「お前《まえ》……やっぱり犬《いぬ》じゃなかったのかよ……っ」

レオくんが、犬《いぬ》じゃない……？

コンくん、さっきから何《なに》を言《い》って……。

そう思《おも》った時《とき》、ふとあることに気《き》づいた。

**『獅子王様《ししおうさま》も猫宮様《ねこみやさま》も、兎白様《とはくさま》も狼矢様《かみやさま》もいるって……！』**

猫宮《ねこみや》はミケくんで、兎白《とはく》はツキくん、狼矢《かみや》はロウくんの苗字《みょうじ》……。レオくんは犬守《いぬがみ》だけど……生徒会《せいとかい》は４人《にん》のはず。

つまり……獅子王《ししおう》さんっていう会長《かいちょう》が、レオくん……？

**『その上生徒会長《うえせいとかいちょう》はあの獅子様《ライオンさま》だしな……』**

前《まえ》に、クラスの男《おとこ》の子《こ》が言《い》っていた言葉《ことば》を思《おも》い出《だ》した。

まさか……。

「レオくん、獅子《ライオン》だったの……？」

恐《おそ》る恐《おそ》るレオくんを見《み》ると、申《もう》し訳《わけ》なさそうに耳《みみ》が下《さ》がっていた。

「ごめんね……あんまり獅子《ライオン》って言《い》いたくなくて……」

そ、そうだったんだ……！

「嘘《うそ》ついて、ほんとにごめん」

「う、ううん、びっくりしただけで、謝《あやま》る必要《ひつよう》ないよ……！」

あんまり言《い》いたくないってことは、何《なに》か事情《じじょう》があるんだと思《おも》うし……そ、それに、犬《いぬ》でも獅子《ライオン》でもレオくんには代《か》わりないから。

「ううん！　レオくんがなんの獣人《じゅうじん》でも、そうじゃなくても気《き》にしないよ」

私《わたし》の言葉《ことば》に、レオくんは一瞬目《いっしゅんめ》を見開《みひら》いた。

その後《あと》……すごく幸《しあわ》せそうに微笑《ほほえ》んだ。

「本当《ほんとう》の名前《なまえ》は犬守《いぬがみ》じゃなくて、**獅子王《ししおう》なんだ**」

獅子王《ししおう》……かっこいい名前《なまえ》だなっ……。

「教《おし》えてくれてありがとう」

微笑《ほほえ》み返《かえ》すと、また嬉《うれ》しそうに笑《わら》ってくれたレオくん。

レオくんはそっと、視線《しせん》をコンくんに向《む》けた。

「昨日《きのう》ぶり。かわいい耳《みみ》だね、狐《きつね》さん」

さっきまでの純粋《じゅんすい》な笑顔《えがお》じゃなくて、にっこりと効果音《こうかおん》がつきそうなくらいふくみのある笑顔《えがお》。

「**くそ……ッ**」

コンくんは小《ちい》さく舌打《したう》ちして、悔《くや》しそうに歯《は》を食《く》いしばっている。

「狐《きつね》よりも格下《かくした》の猫《ねこ》でごめんね」

「狐森《きつねもり》って家《いえ》、猫宮《ねこみや》や兎白《とはく》よりも、上《うえ》なのか」

み、ミケくんとツキくんもっ……。

詳《くわ》しいことはわからないけど……コンくんの表情《ひょうじょう》が歪《ゆが》んだから、たぶんミケくんとツキくんのお家《うち》は、すごいお家《うち》なんだと思《おも》う。

ばちばちと火花《ひばな》を散《ち》らしながら、睨《にら》み合《あ》っているコンくんとレオくん。

「改《あらた》めてお前《まえ》に言《い》いに来《き》たんだ」

レオくんはそう言《い》って、私《わたし》の手《て》をそっと握《にぎ》った。

そのまま、自分《じぶん》のほうに引《ひ》き寄《よ》せた。

え……？

「「「**きゃぁー‼**」」」

さっき以上《いじょう》に大《おお》きな悲鳴《ひめい》が、教室《きょうしつ》を包《つつ》み込《こ》んだ。

女《おんな》の子《こ》たちがみんな衝撃《しょうげき》の顔《かお》でこっちを見《み》ているけど、叫《さけ》びたいのは私《わたし》も同《おな》じだ。

「**金輪際《こんりんざい》、愛《あい》に関《かか》わるな**」

ど、どうして……レオくんに抱《だ》きしめられてるのっ……！

「れ、レオくんっ……！」

「おい、何《なに》やってんだお前《まえ》……！　離《はな》せよ……！」

パニックになったけど、なぜか私《わたし》以上《いじょう》に焦《あせ》っているコンくんを見《み》て冷静《れいせい》さを取《と》り戻《もど》した。

どうしてコンくんが、そんなに焦《あせ》ってるんだろう……？

「わかったな？」

**「はぁ!?」**

「愛《あい》に関《かか》わるなって言《い》ったんだ。約束《やくそく》しろ」

「なんでそんな約束《やくそく》――」

**「これは命令《めいれい》だ。**もし破《やぶ》ったら、どうなるかわかるな？」

いつもの温厚《おんこう》なレオくんはどこに行《い》ったのかと思《おも》うくらい、禍々《まがまが》しいオーラを放《はな》ちながら、怖《こわ》い顔《かお》でコンくんを睨《にら》んでいる。

**「生徒会《せいとかい》の命令《めいれい》は絶対《ぜったい》」**

「……っ」

そういえば、コンくんが前《まえ》に言《い》ってた……この学園《がくえん》において、生徒会《せいとかい》は絶対《ぜったい》だって。

あれは、本当《ほんとう》だったんだ……。

言葉《ことば》をのみ込《こ》んだコンくんが、歯《は》を食《く》いしばりながらうつむいた。

コンくんが、黙《だま》っちゃうなんて……生徒会《せいとかい》の力《ちから》って、そんなにすごいのかな……？

「……俺《おれ》に、命令《めいれい》すんじゃねーよ」

逃《に》げるように、教室《きょうしつ》から出《で》て行《い》ったコンくん。

「愛《あい》、大丈夫《だいじょうぶ》だった？」

心配《しんぱい》してくれているのか、レオくんが私《わたし》の頭《あたま》を撫《な》でた。

「「「**きゃぁー!!**」」」

教室《きょうしつ》がまたしても悲鳴《ひめい》に包《つつ》まれて、耳《みみ》がキーンとなる。

レオくんが何《なに》かするたび悲鳴《ひめい》があがるなんて……あ、アイドルみたいだなっ……。

って、呑気《のんき》にそんなこと思《おも》ってる場合《ばあい》じゃないっ……！

「れ、レオくん、ちょっと離《はな》してほしい……なっ……」

みんなの前《まえ》で抱《だ》きしめられるなんて……恥《は》ずかしすぎるっ……。

ふ、ふたりきりならいいってことじゃないけどっ……。

「あ……ごめんね、つい」

つ、つい……？

まぶしい笑顔《えがお》で言《い》われて、それ以上何《いじょうなに》も言《い》えなくなった。

「急《きゅう》に教室《きょうしつ》に来《き》てごめんね。ていうか、同《おな》じ学校《がっこう》ってことも黙《だま》っててごめん」

「う、ううん、謝《あやま》らないでっ……で、でも、いつから知《し》ってたの？」

「……実《じつ》は、**最初《さいしょ》から**」

そ、そうだったんだっ……。

「家《いえ》にも学校《がっこう》にもうんざりして、まともに来《き》てなかったけど……**愛《あい》がいるから、**俺《おれ》たちもこれからはちゃんと通《かよ》うことにしたよ」

あ……だから、生徒会《せいとかい》の人《ひと》たちは学校《がっこう》に来《き》てないって言《い》われてたんだ……。

こ、ここまで騒《さわ》がれたら、確《たし》かに学校《がっこう》に来《く》るのも大変《たいへん》だろうな……はは。

「クラスメイトにも言《い》っておく」

え？
レ、レオくん……何《なに》しようとしてるの？
私《わたし》の肩《かた》を抱《だ》きながら、クラスメイトの方《ほう》を見《み》たレオくん。

**「愛《あい》は俺《おれ》の大切《たいせつ》な子《こ》だから、愛《あい》のこと少《すこ》しでも悲《かな》しませたら、俺《おれ》が許《ゆる》さないからね」**

「「「いやゃぁー！！！」」」

今度《こんど》は絶叫《ぜっきょう》にも聞《き》こえる悲鳴《ひめい》が上《あ》がって、中《なか》には頭《あたま》を抱《かか》えてうずくまる女《おんな》の子《こ》もいた。

きょ、教室《きょうしつ》の中《なか》が、地獄絵図《じごくえず》……。

一方《いっぽう》、発端《ほったん》のレオくんは、清々《すがすが》しいくらいの笑《え》みを浮《う》かべている。

「ってことで、これからは家《いえ》でも学校《がっこう》でもよろしくね、愛《あい》」

ミケくんとツキくんとロウくんは、レオくんを見《み》て若干呆《じゃっかんあき》れ気味《ぎみ》だ。

「レオが暴走《ぼうそう》してごめんな、愛《あい》」

「俺《おれ》たちには、止《と》められない」

「……まあ、俺《おれ》たちもお前《まえ》とばあちゃんのことはしっかり守《まも》るから」

レオくんの大《おお》きな手《て》が……そっと私《わたし》の頬《ほお》に重《かさ》なった。

「**俺《おれ》の愛《あい》、ちゃんと受《う》け取《と》ってね**」

また教室《きょうしつ》は悲鳴《ひめい》に包《つつ》まれたけど、一番叫《いちばんさけ》びたいのは間違《まちが》いなく私《わたし》だ。

わ、私《わたし》……。

これからどうすればいいの……おばあちゃん、おじいちゃんっ……。

# あとがき

はじめまして、＊あいら＊です！　このたびは、『ケモカフェ！　獣人男子《じゅうじんだんし》の花嫁候補《はなよめこうほ》になっちゃった⁉』を読《よ》んでくださりありがとうございます！

この作品《さくひん》は、とにかく面白《おもしろ》さをぎゅっと詰《つ》め込《こ》んだような作品《さくひん》が作《つく》りたい……！　という想《おも》いから生《う》まれた作品《さくひん》です！

夢《ゆめ》も、ときめきも、家族愛《かぞくあい》も全部《ぜんぶ》詰《つ》め込《こ》んで、読《よ》んでくださった方《かた》に、「何回《なんかい》でも読《よ》みたい！」と思《おも》っていただけるような、一冊《さつ》で全部《ぜんぶ》楽《たの》しめる作品《さくひん》を目指《めざ》しました……！

愛《あい》ちゃんはがんばり屋《や》さんでかわいくてとっても優《やさ》しい女《おんな》の子《こ》なので、めんどくさがりの作者《さくしゃ》とは全《まった》く似《に》ていないんですが、唯一《ゆいいつ》の共通点《きょうつうてん》があります！

それは、おばあちゃんが大好《だいす》きということです！　小中学生《しょうちゅうがくせい》の時《とき》は毎週《まいしゅう》おばあちゃんの家《いえ》に行《い》っていたくらいおばあちゃんっ子《こ》で、私《わたし》が小説《しょうせつ》を書《か》くようになったのもおばあちゃんが買《か》ってくれた本《ほん》がきっかけでした！

「愛《あい》とおばあちゃんは俺《おれ》が守《まも》る」と言《い》ったレオくんと同《おな》じ気持《きも》ちで、おばあちゃんと愛《あい》ちゃんが幸《しあわ》せに過《す》ごせるように願《ねが》いながら書《か》いていたのを覚《おぼ》えています……！　早《はや》く愛《あい》ちゃんとおばあちゃんと、レオくんとミケくんとツキくんとロウくんの6人生活《にんせいかつ》が戻《もど》ってきますように……！

最後《さいご》に、『ケモカフェ！』に携《たずさ》わってくださった方々《かたがた》にお礼《れい》をのべさせてください！

素敵《すてき》な表紙《ひょうし》、挿絵《さしえ》を描《か》いてくださったしろこ先生《せんせい》！　しろこ先生《せんせい》のイラストが本当《ほんとう》に本《ほん》当《とう》にかわいくて、表紙《ひょうし》を見《み》せていただいた時《とき》の感動《かんどう》が忘《わす》れられません……！

表紙《ひょうし》も中身《なかみ》もとってもかわいく素敵《すてき》なデザインに仕上《しあ》げてくださった、千葉《ちば》さん！

いつも的確《てきかく》なアドバイスをくださり、一緒《いっしょ》に作品《さくひん》を作《つく》ってくださった優《やさ》しい担当編集《たんとうへんしゅう》の松田《まつだ》さん！（『ケモカフェ！』というタイトルも考《かんが》えてくださいました……！）

ポプラキミノベル編集部《へんしゅうぶ》の皆様《みなさま》、ポプラ社《しゃ》の皆様《みなさま》……そして、『ケモカフェ！』を読《よ》んでくださった皆様《みなさま》！

全《すべ》ての方《かた》に、心《こころ》より感謝申《かんしゃもう》し上《あ》げます！

あらためて、ここまで読《よ》んでくださって本当《ほんとう》にありがとうございました……！

ぜひまたお会《あ》いできると嬉《うれ》しいです……！

＊あいら＊

お手《て》紙《がみ》送《おく》ってくれたら、
うれしいな……！

この住《じゅう》所《しょ》に送《おく》ってね。

〒141-8210
東京都品川区西五反田3-5-8
ポプラ社　ポプラキミノベル編集部
＊あいら＊先生係

**作／＊あいら＊**

2010年『極上♥恋愛主義』で、ケータイ小説家史上最年少（中2）でデビュー。以来、精力的に執筆をつづけ、著作は50冊以上にのぼる。大ヒット中の「総長さま、溺愛中につき。」シリーズをはじめ、「ウタイテ！」、「吸血鬼と薔薇少女」（朝香のりこ原作）シリーズ（すべて野いちごジュニア文庫）も好評を博す。コミカライズも多数。

**絵／しろこ**

イラストレーター。ポップでキュートな作風で支持を集める。歌い手グループの動画やグッズなどのイラストを多数手がける。

ペンギンの獣人も…!?

POPLAR KIMINOVEL


ポプラキミノベル（あ-12-01）

**ケモカフェ！**
**獣人男子《じゅうじんだんし》の花嫁候補《はなよめこうほ》になっちゃった!?**

2024年9月　第1刷

作　＊あいら＊
絵　しろこ
発行者　加藤裕樹
編集　松田拓也
発行所　株式会社ポプラ社
〒141-8210　東京都品川区西五反田3-5-8
JR目黒MARCビル12階
ホームページ　www.kiminovel.jp
印刷・製本　中央精版印刷株式会社
ブックデザイン　千葉優花子
フォーマットデザイン　next door design

この本は、主な本文書体に、ユニバーサルデザインフォント（フォントワークスUD明朝）を使用しています。





ISBN978-4-591-18311-3　N.D.C.913　318p　18cm

P8051122